책등에 베이다

일러두기

본문 중의 인용문은 해당 도서의 원문을 그대로 옮긴 것으로
해당 작가와 출판사의 허락을 받았습니다.

당신과 내가
책을 꺼내드는
순간

책등에
베이다

이로

이봄

책의 시작

내가 “반갑습니다”라고 쓰면

당신은 “반갑습니다”라고 읽을 것입니다.

그게 고맙습니다.

서문

책을 핑계로 밤을 건너다

생활은 언제나 문장의 바깥에 있다.
생활은 언제나 문장의 바깥에 있다.

같은 문장을 두 번 반복해 쓰곤, 쉼표로 잠시 쉰 뒤, 생각한다. 사실 '생활' 대신 '우리'를 써보려 했지만 그건 너무 우울해 그만두었다. 말을 괄호 안에 가두면 한 번 써볼 수 있을까.

(우리는 언제나 문장의 바깥에 있다.)

키가 무척 작았던 유년시절 방바닥에 한쪽 다리는 앞으로 다른 쪽 다리는 뒤로 뻗고 앉아 멍하니 책장을 올려다보곤 했다. 그곳에는 대부분 아버지의 책들이 꽂혀 있었다. 어른들의 책. 어른이 쓰고 어른이 엮어 어른이 읽는 책들은 유독 제목이 무시무시했다. 그중 단연 돋보이는 것은 『거미 여인의 키스』(마누엘 푸익)였는데, 그 책등만으로도 거대한 외설의 세계가 펼쳐지는 듯 심장이 쿵쾅거렸다. 당시 신문사에 근무하던 삼촌댁에 놀러갔을 때도 마찬가지였다. 넓다란 책장 앞에 '아빠다리'를 하고 앉아 책등만 하염없이 바라보곤 했다. 『축소지향의 일본인』(이어령)처럼 도무지 알아들을 수 없는 제목은 연거푸 발음했다. 축소지향의 일본인, 축소지향의 일본인. 또 '과학이란 곧, 로봇을 만드는 위대한 일' 정도로 이해하고 있던 나이였으므로 제임스 글릭의 책에 시선이 멈추면 이상한 대화를 곧잘 하곤 했다.

"삼촌, 『카오스』가 뭐야? 현대 과학의 대혁명이래."

"브라질에 있는 나비가 날갯짓하면 미국 텍사스에 회오리바람을 발생시킬 수도 있다는 건데…"

믿을 수 없었다. 나비의 날갯짓에 회오리바람이 생긴다면 내가 나도 모르게 한 재채기에 명왕성이 사라질 수도 있다는 것 아닌가. 그날은 집에 돌아가는 내내 어마어마하게 큰, 63빌딩보다 큰 브라질 나비가 열심히 날갯짓하는 생각을 했다.

그 목록들, 서로 다른 두께와 높이를 가진 책이 주인의 성향에 맞춰 정리되거나 정리되지 않은 채 나열되어 있는 광경은 언제나 특별했다. 지금 돌이켜 생각해보면 책장과 책등의 장면은 나에게 야경 같은 것이었다. 서울의 야경. 그러니까 북악산 능선 어딘가에 올라 네모난 집 속 네모난 창문들이 군데군데 밝거나 어두울 때, 그 광경을 바라보며 저곳 하나하나에 모두 사람이 있다고 생각하는 것처럼 나란한 책등을 바라보며 한 권 한 권에 모두 이야기가 있다고 생각한다. 어떤 집에는 현자가 살고 어떤 집에는 범죄자가 살듯 책들의 모음도 마찬가지이겠으나 밤의 경치처럼 존재의 확인만으로도 벅찰 때가 종종 있다. 멋진, 아름다운, 감동적인, 불편한, 어려운, 알 수 없는 책들이 단 한 권의 예외도 없이 각자의 이름을 지니고 서 있다.

"저기 저 책들은 얇은 막의 종이를 겹겹 쌓아 만든 이야기의 두께를 가지고, 아직 세상에 책이 있을 수 있다는 사실을 스스로 증명하고 있어"라고 스스로 되뇌게 만드는 장면이다.

다시 한번 말해본다. 생활은 언제나 문장의 바깥에 있다. 멋들어진 문장과 문학의 범주에는 '양치하다 칫솔이 약한 잇몸을 건드려 느끼는 아픔'이나 "웃긴다 개, 진짜"나 '동네 백반집 맛있는 오이무침'의 자리가 없다. 이들에게는 튼튼한 낭만의 자격이 없다. 어제 특별하지 않았고 내일 수시로 벌어질 것이 뻔한 일들은 드라마와 사건에 초대받지 못했다. 그렇기 때문에 우리는 스스로 우리를 특별한 이야기 속으로 초대한다.
나는 서점, 도서관, 헌책방에서 책을 고를 때 책을 꺼내는 행동에 주목한다. 엄지와 검지로 책등을 움켜쥐어 빼거나 검지로 책의 윗부분을 잡아당길 때 나는 그 순간이 어떤 이의 집에 초대되어 벨을 누르고—문이 열리고—악수를 나누는 순간과 닮았다고 느낀다. 어떤 집에서는 십 분만에

상종 못할 사람이라고 뛰쳐나올 수도 있겠지만 또 어떤 집에서는 밤을 새워 이야기하고도 날이 밝는 게 아쉬운 경우도 있지 않은가. 책도 그렇다. 언제나 문장의 바깥에 있던 생활을 이야기의 세계로 초대하는 일.

이어질 목록은 날 베고 간 책등의 이름들이다. 두꺼운 책등에 베이다니, 그럴 수 있나. 물론 뻔한 과장이요, 지극한 수사다. 하지만 다시 생각한다. 기록하고, 이야기하고, 말하고 싶은 책을 처음 발견하고 책등을 향해 손을 뻗었던 그때, 나는 이미 의미로서 베이고 감정으로 흘렸다고.
야경처럼 바라봤던 반짝이는 이름들을 여기에 흩뿌려 놓는다.

2014년 이로

차례

0.

유령의
롱프르

무척 오래전에 생전 처음으로 펜싱 경기중계를 보았다. “유럽 귀족생활로부터 유래된 것으로…” 해설자는 거창하게 표현했지만, 나는 ‘공상과학 영화에나 나올 우스꽝스러운 복장을 입고 최선을 다해 비효율적인 전투를 벌이고 있잖아? 직선으로 움직여 찌르고 도망치다니 슈퍼마리오도 저것보다 다채롭게 싸우겠다’고 생각했다. 룰도 지루했다. 상대가 찔렸음을 확인시켜주는 장치는 옷에 붙은 센서라고 했다. 유도 선수가 보면 울화통이 터질 장면들이었다. ‘그냥 잡아서 넘겨! 몸과 몸으로 충돌하라고!’ 찌른 사람도 찔린 사람도 비명 소리 하나 내지 않았다. ‘아프지 않나?’ 생각하는 순간 마치 나와 대화하는 듯 해설자가 거들었다. “싸움이 아니다보니 의외로 칼끝이 둥글기 때문이에요.” ‘찌른다고 말하고 사실은 밀고 있었군.’ 나는 투덜대면서도 채널을 돌리지 못했다. 고약한 상상으로 펜싱을 유래의 시절로 돌려놓아보았다. 칼끝이 뭉뚝하지 않았던 때, 훌륭한 보호구도 없던 때라면 지금 저 한 번의 호흡은 어떤 결과를 낳았을까.

나는 무덤가에 살고 있다.

대학에 처음 들어갔을 때, 번번 흉흉했던 말은 '인문학의 죽음' 따위였다. 정규의 학업 12년을 지내온 평범한 아이에게 인문학이라는 학문 자체도 낯선데, 접하자마자 이미 죽어 있다고 말했다. 네가 이제 접할 것은 그 정수가 아니며, 시체 정도나 주무를 것이라 선언했다. 선언당했다. 수업은 어떤 열기도 핏기도 없이 차분히 진행되었다. '모두들 인문학이 죽어 슬퍼하는구나.' 멋모르는 스무살 학생은 조문하듯 공부했다.

곧 전공을 국문학으로 정했고, 바로 듣게 된 말인즉슨 '문학의 죽음'이었다. '왜 내가 가는 곳에는 다들 죽어 있지?' 아닌 게 아니라, 교수님과 선배들 모두 잠이 부족해 보였다. '오호라, 모두들 좀비로군. 제대로 죽지 못하고 죽음과 삶의 경계에서 인간을 해치고 있구나.' 한 선생님은 한국 소설이 유명세를 떨치던 시절, 문인이 담배를 끊은 사연이 가십이 되어 신문에 실리던 에피소드를 이야기하며 아련한 표정으로 저 먼 곳을 바라보았다. 우리 모두 그 시선을 따라가보았지만, 그 각도에는 어떠한 철학도 없는, 이상한 종류의 향수만 가득할 뿐이었다. 마치 소설

책 표지의 날개 프로필에서 작가가 바라보는 그런 허망한 각도.

취기와 치기와 열기로 책방 하나를 겨우 열었을 때 듣게 된 말은 '서점의 위기와 출판의 죽음'이었다. '어떻게든 죽이지 못해 조급하구나. 영광의 시절 지나고 1등에서 내려오면 그때부터 모두 시체 취급당하는구나.' 아직 살아 있다고 죽도록 외치는 이를 붙잡고 관 속에 우겨넣는 장면. 그렇게 말하는 자들은 마치 걸을 때마다 삐그덕 소리가 나는 나무 바닥에서 "위험하다! 위험하다!" 소리 지르며 방방 뛰는 사람들 같았다. 정작 그 삐그덕 소리는 그가 방방 뛰었기에 나겠지만.

나는 세 번의 죽음을 선고 받고 무덤가에 살고 있다. 앞으로 나는 '20XX년 유망한 직종' 따위에는 결코 들어갈 수 없을 거야 절대로, 라고 되뇌며 유행이 끝난 무언가를 헛된 신념처럼 붙잡고 있다. 그리고 첨단의 시대에 어둡고 희미해져 누군가에게는 잘 보이지도 않는다. 그런데 여기저기에서 또다른 유령들을 본다. 그들은 자신이 죽었는지도 모른 채 여러 소리로 끊임없이 말한다. 책의 혼령과 시의 유령과 노래의 조문객들. 이 장송곡 같은 소리에 단 몇 분이라도 귀 기울이면 금세 알 수 있다. 각광받는 이들을 위협하고자 함도, 겪어본 적 없는 과거의 영광을 돌려달라는 회한도 아닌, 그저 유령으로서의 또다른 외침이다.

수많은 유령들 사이에서 다시 떠오른 것은 그 시절 보았던 펜싱 경기였다. 우측의 선수가 주춤주춤 물러서기 시작했고, 해설자는 그것을 "롱프르"라고 했다. 후퇴에도 용어가 있다니 이해할 수 없었지만 그는 다시 한번 찌르기 위한 후퇴라 말했다. 성공할지 실패할지 모르지만 다시 한번 찌르기 위해 물러나는 것. 결국 우측 선수의 마지막 한 방은 무위로 돌아갔지만 나는 혼자 중얼거렸다. '집중하여 물러서는 뒷걸음…'

우리는 언제나 위험하다. 동시에 언제나 안전하다. 언제나 살아가며 동시에 언제나 죽어간다. 언제나 사람이며, 언제나 유령이다. 이제 여기 나는 책의 유령들을 끌어안고 조금씩 물러선다. 한 걸음 물러설 때마다 바닥에 한 권씩 펼친다. 이 책들의 롱프르로 끝내 우리는 다시 한

번 찌르게 될까. 글쎄, 무기는 챙겼던가, 복장은 갖췄던가. 그토록 허술하기에 단지 지금은 롱프르에 집중한다. 이 후퇴의 기록을 따라 읽는 사람은 자연스럽게 전진하게 된다는 말은 행복한 모순이겠으나, 끝이 둥근 언어로 서로 찌르면 서늘한 피 대신 여러 종류의 감탄사가 흘러 배어나오길 학처럼 목을 길게 빼고 기다리면서.

1.

유년기의 술,
시바스 리갈

『꼬마 니꼴라 3』,
김모세 구성, 이규성 그림,
민서출판사, 1990

우리는 유년기를 오해하기 위해 보냈다. 이해마저 학습되는 시간. 그 얼마나 낭비인가. 그럼에도 안내방송처럼 다시 말하면, 우리는 유년기를 온통 오해의 시간으로 통과해왔다. 경험 내지는 흔히 말하는 연륜 부족으로 설명할 수 있겠지만, 실은 그저 절반 정도 멍청했고, 또한 나머지 절반 정도는 모든 경로를 차단했다. 눈을 감고 귀를 막고 입을 닫고 방문을 걸어 잠그고. 물론 방문을 걸어 잠갔지만 음악을 크게 틀어 내가 있다는 사실을 계속 알리는 정도의 외로움은 필수였다. 모든 이야기의 통로를 막은 자 앞에서는 이해라는 말조차 오해에 가깝다. 누군가 "나의 유년기는 그렇지 않았노라." 항변할 것이다. 그렇다면 그는 자신의 유년기를 아직까지도 오해하고 있을 뿐이다.

양주가 무엇인지 알지 못했다. 어떤 꼬마가 알겠느냐만 그래도 정도의 차이가 있다면 최하위였다. 어린 나에게 양주란 '술의 일종으로 제사상에는 올라오지 않는 것'으로 여겨졌다. 최선의 표현이었다. 더 파고들어가 어린 나에게 술이란 무엇이었을까. 마셔본 적은 없지만 아버지를 꽤나 변화시키던 물건. 그런데 그 변화가 한결같지 않아 어떤 때는 당신을 광대처럼, 또 어떤 때는 돌덩이처럼 바꿔주던 액체.

양주가 무엇인지 설명할 수도 없던 꼬마가 '시바스리갈'이 무엇인지는 알았다. 도무지 어디에서 어떻게 띄어 읽어야 할지 몰랐지만, 당신 친구가 단 한 해도 빠짐없이 명절마다 아버지에게 선물하던 물건이었다. 은빛 상자를 열면 갈색 액체가 가득 든 유리병이 하나 들어 있었는데 어른들은 그 술병을 흔들며 꽤나 흡족한 미소를 짓곤 했다. 좋은 것이구나.

하지만 나에게 단 한 모금도 권하진 않는다. 비밀스러운 것 혹은 위험한 것이구나. 어른의 무리, 아버지들은 알아듣지도 못하는 이야기를 나누며 잔을 채웠고, 모금의 끝에 언제나 "크!" 소리를 냈다. 저 소리는 무엇일까? 아이가 우유를 양껏 마시면 트림을 "꺽" 하는 것과 비슷한 것일까? 꼬마는 이렇게 저렇게 생각해봤지만 오해의 시간을 통과하고 있는 자로서 알아내기 어려웠다.

주당으로 소문이 나 있던 아저씨는 유일하게 어떤 감탄사도 없이, 얼음도 없이, 연거푸 갈색 액체를 넘겼다.

나는 그를 영웅처럼 바라보았다. 자연의 섭리를 거스르는 자. 모두가 "크" 할 때 "크" 하지 않는 자. 그는 트림하지 않고도 잠들 수 있는 아기의 강인함을 지닌 것이다. 우스꽝스러운 생각들. 그를 주당으로 만든 원리는 선천적인 몸도 훈련도 아닌, 고통스러운 생활과 누구 하나 도와주지 않는 폭력적인 세계였지만, 그마저도 아주 오랜 후에나 어렴풋이 느꼈다.

그러므로 나에게 시바스 리갈은 양주의 유일한 종류였다. 유년의 나에게 누군가 "양주가 무엇이니?" 물었다면 재빨리 "은색 상자에 든 갈색 액체로, 어른들은 그것을 시바스 리갈이라 부릅니다"라고 답했을 터였다. 어쩔 수 없다. 또한 당연하다. 누군가 나를 이해시키려 붙잡고 앉아 양주의 역사와 분류, 효능과 부작용에 대해 설명한들 소용없었으리라. 그렇게나 많은 오해의 덩어리와 점들이 몸을 휘감고 있었고, 나이가 들면서 세계와 타인과 교육에 의해 조금씩 세상이 어떻게 이루어졌는지 알아갔다.

원칙과 논리를 알게 될수록 나는 차분한 마음으로 슬퍼졌다. 이제 그 누구 앞에서도 양주란 곧 시바스 리갈

꼬마 니꼴라 3

이라 천연덕스럽게 대꾸하지 못하리라. 관록이나 경험이라는 단어로 포장하겠지만 사실은 단단하게 굳어져 못쓰는 근육처럼 못쓰는 뇌의 방을 걸어 잠그게 될 것이리라. 누구 하나 쉽게 껴안지 못하면서 그것을 삶의 지혜라 부를 것이리라.

> "아니, 아냥! 왜 이렇게 울고 있는 거지? 자, 내 눈을 똑바로 보고 대답해 봐."
>
> "모두 다… 나처럼 안경을 쓰겠대요."
>
> "자, 여러분! 내 눈을 똑바로 봐요. 나는 여러분의 일에 끼어들고 싶지 않아요. 아냥, 이것만은 알아 둬라. 지혜로운 사람은 많이 참는 거란다."
>
> _『꼬마 니꼴라 3』 106쪽

한심한 과거는 그것뿐만 아니다. 나에게 『꼬마 니콜라』는 김모세와 이규성의 작품이었다. 르네 고시니와 장 자크 상페의 책이 아니었다. 명랑만화라는 타이틀 아래 민서출판사에서 발간했던 만화책 시리즈 중 『꼬마 니꼴라』

가 있었다. 불법 번역본이 아니라 르네 고시니의 『꼬마 니콜라』를 통째로 다시 그린 것이다. 원서 그대로의 이야기를 참을 수 없도록 촌스러운 그림체로 베껴냈다. (나는 '베껴냈다'라는 단어를 쓰기 전에 '재현했다'라는 단어를 먼저 생각하고 깜짝 놀랐다.)

명백한 표절이다. 불행히도 나는 표절작을 원작보다 먼저 접했다. 거대한 오해의 순간. 주변에 오해를 풀어줄 사람 누구 하나 없었다. 어째서 표지에는 '김모세 구성'이라는 오묘한 문구로 적혀 있는지, 홍해를 가를 듯한 이름의 김모세는 누구인지 어떤 작가인지 설명해주는 사람이라곤 없었다. 한국 작가가 그린 프랑스 이야기를 아무런 의심 없이 받아들였다. 마치 시바스 리갈이 양주의 유일한 종이 되던 순간처럼.

> "아무튼 한번은 빌려줄게. 자, 써 봐."
> "끌로떼르는 참 멋있는 녀석이야. 그런데… 그 녀석 왜 이런 안경을 쓰고 일등을 하려는 걸까? 이 안경을 쓰니까 세상이 이상하게 보이고 머리가 어지럽네."

“알세스뜨, 네 손은 기름투성이잖아. 안경에 버터 기름이 묻으면 보이지 않는다 말야. 그렇게 되면 난 안경을 낄 수가 없고, 또… 꼴찌를 하게 된다고. 너의 그 더러운 손으로 안경을 만져서는 안 돼.”

알세스뜨는 손을 씻고 왔습니다. 그때 수업 시작을 알리는 종이 울렸습니다. 알세스뜨는 끌로떼르의 안경을 쓰고 앞을 쳐다보았습니다.
“어? 어리어리하다. 선생님이 되려 흐리게 보인다.”
_『꼬마 니꼴라 3』 107-111쪽

원작 『꼬마 니콜라』와 장 자크 상페 그림의 열렬한 팬이 된 지금에도 종종 김모세와 이규성의 『꼬마 니꼴라』를 읽는다. 그것은 마치 내가 가진 안경에 부러 버터 기름을 묻히는 일 같다. 더러운 손으로 나의 시야를 망가뜨리고 싶은 욕구. 양주의 종류가 얼마나 다양한지, 꼬마 니콜라가 실제로 누구의 작품인지 이제는 너무나 선명히 알지만 나에게 맞지 않는 도수의 안경을 쓰고 세상을 되려 흐리게 보고 싶은 건 아닐까. 표절작을 옹호할 생각은 조금도 없다. 그럼에도 나는 몇 년에 한 번쯤 민서출판사의 『꼬마 니꼴라』를 더듬더듬 찾는다. 더러운 안경으로 추한 역사를 돌아보듯이. 아무것도 몰랐던 유년을 고작 이렇게 채워버린 후회와 안타까움을 동시에 담아.

2.

책등,
책의 척추

『책과 바람난 여자』,
아니 프랑수아, 이상해 역,
솔, 2005

도서관과 서점은 책을 기본으로 하지만 무척 다른 공간이다. 도서관의 책들은 빌려지거나 읽혀지거나 참고되기 위해 있고, 서점의 책들은 대부분 판매와 소유를 위해 존재한다. 그렇기 때문에 나는 도서관에서 '이곳은 욕심이 삭제된 구역'이라는 생각을 한다. 지나치게 침묵이 필요한 이유도 그 때문 아닐까. 책의 수량에 한계가 있으니 먼저 보기 위한 경쟁이야 있겠지만, 책을 소장하기 위한 욕망에 비할 것은 아니다. 심지어 절판된 책들도 아무렇지 않게 진열되고 대여되는 곳이 도서관인지라 상업적인 흐름과 무관한, 책의 창고에 가까운 장면들이 많다.

나무로 만든 카트를 끌고 반납된 책을 다시 꽂는 모습이라든지, 잘못된 분류로 옮겨져 몇 년째 분실로 처리된 비극적 운명의 책이라든지. 책들의 거대한 고향과 같다. 한때 유행을 호령하던 책과 200권도 채 팔리지 않았던 책이 구별 없이 공평하게 남아 세월을 보내는 곳.

도서관에는 누워 있는 책이 드물다. 대부분은 동일한 양식의 일련번호를 달고 책장 빼곡 '서' 있다. 특정 책을 더 노출해서 많이 판매할 목적도 없으니 신간 역시 표지를 내보일 이유도 여유도 없는 곳이다. 모든 책이 기립한 공간이 주는 긴장 속에서 그때 나를 홀리는 것은 바로 책등이다.

『책과 바람난 여자』의 작가 아니 프랑수아(Annie François)처럼 허풍을 섞어 과장하여 말하자면, 모든 책이 기립할 때 책등은 표지 중의 표지 역할을 한다. 대문의 대문 그러니까 문패 내지는 초인종의 역할. 어떤 책들은 너무나 훌륭한 집을 지어놓고 문패를 제대로 달지 못해 아무 손님도 끌지 못하고 어떤 책들은 금장 초인종을 누르며 기대했지만 바로 무너질 듯 부패한 내용에 실망하기도 한다.

책등은 표현 그대로 책의 척추를 닮아서 제본이 시작되는 중심축이다. 도서관에서는 공간의 의지에 의해 어쩔 수 없이 책의 척추만이 드러나 있다. 낭만의 종합선물세트 같은 곳이다. 책이 얼굴을 감춘 채 척추만 드러내고 세월에 따라 조금씩 삭아가고 있다니. 대부분의 책등에는 세 가지 이름이 적혀 있다. 책의 이름, 저자의 이름, 출판사의 이름. 홍보문구를 적을 공간이라곤 없는 비좁은 문패.

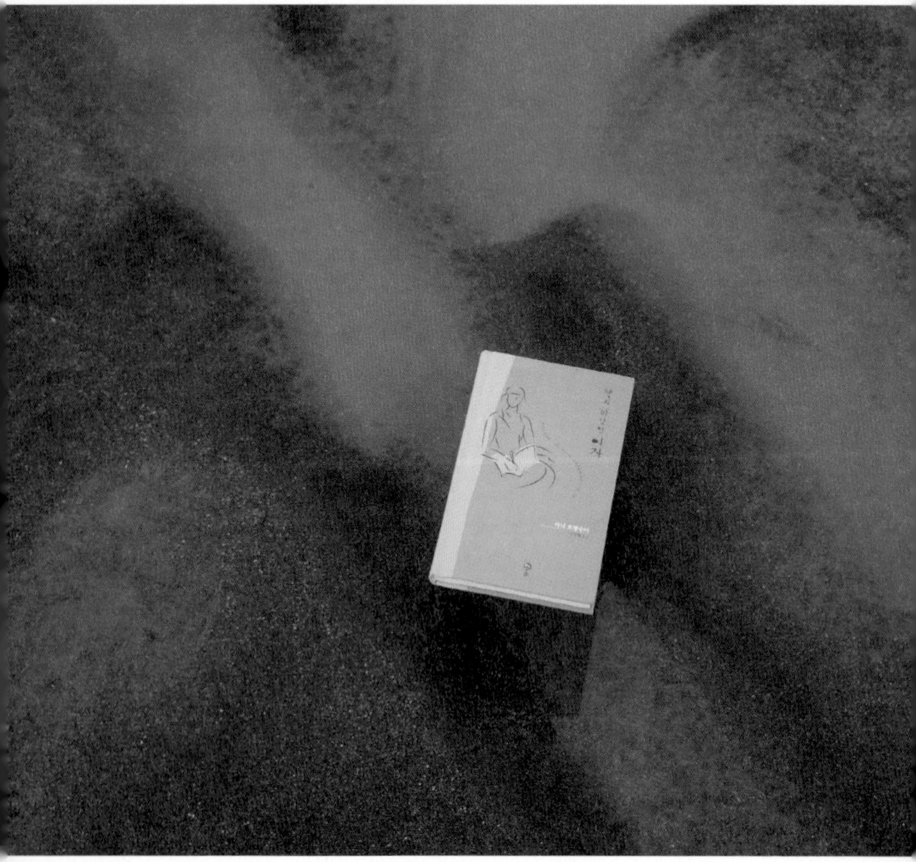

특히 확연히 느껴지지 않는 먼지 냄새가 있다. 책들은 그 냄새를 좋아하고 자기磁氣처럼 그 냄새를 품고 있다. 그 냄새는 책들과 결혼을 하고 그것들을 부드럽게 만든다. 그 냄새를 몰아내려 해봤자 아무 소용이 없다. 오로지 먼지떨이만이 꽂혀 있는 책들의 불규칙한 톱니바퀴 위에 쌓인 먼지를 털어낼 수 있다. 먼지는 약이라도 올리듯 훌쩍 한 곳을 떠났다가 사뿐히 다른 곳에 내려앉는다.

_『책과 바람난 여자』 68쪽

세로로 긴 수많은 이름들 사이에서 분류와 번호를 따라 내가 부를 이름을 찾는, 환상과도 같은 때가 온다. 보통 도서관에는 배경음악도 없고, 가능하면 햇빛을 피하느라 그늘지고, 인파로 바글거리지도 않는다. 때문에 적막한 도서관에서 책을 찾아 집으로 가지고 올 때 유치하게도 나는 희미해져가는 문화와 공간의 부활을 책임지는 사람처럼 으쓱거린다.

3.

이십대의 스포츠

『내 여자의 열매』,
한강,
창비, 2000

스포츠 중계를 보는 일은 고역이다. 누군가 나를 고문하려면 괜한 힘쓰지 않아도 ESPN을 하루 종일 보게 하면 된다. 무언가 자백할 말이 있다면, 48시간 후 아이스하키 경기가 나올 때쯤 모든 이야기를 토해낼(심지어 ESPN에서 아이스하키 경기중계를 하는지 여부조차 바로 확신할 수 없는 얄팍한) 사람이다. 그런 나조차 2002년에는 한일 월드컵을 열성으로 시청했다. 한국과 일본이라는 미묘한 정서와 기대 이상의 성과와 얕잡히던 외국인 감독의 커다란 리액션 모두가 뒤섞여 만들어내는 드라마 앞에서 스포츠를 멀리하던 마음도 연해진 모양이었다.

월드컵이 끝난 지 한참 지난 2002년 11월의 일이었다. 가장 뜨거웠던 순간이 정확한 일정을 고하며 끝났고, 우리는 오르가즘을 지나쳐버린 혹은 놓쳐버린 청년처럼 멍하니 고루한 일상만 바라보고 있었다. '무엇이 우리를 뒤흔들었기에 지금 나는 쥔 것 하나 없이 이러고 있지?'하는 표정으로. 그때 주한영국문화원에서 '한영 젊은 작가 세미나'를 연다는 소식을 접했다. 과홈페이지 소식란이었는데 게시판의 조회수는 늘 '3'아니면 '4'정도였다. 반복해서 확인하고 마음을 곱씹느라 해당 글의 조회수가 '8'이라는 기록적인 수치를 찍었다. 덕분에 'HOT'이라는 붉은 아이콘도 붙었다.

당시 김영하 작가의 글을 탐독하던 시기였고, 세종문화회관에서 김영하, 한강, 나희덕 작가의 세미나가 열린다기에 어떻게든 저곳에 가겠다고 마음먹었다. 같은 시간, 수업이 있었기 때문에 교수님을 찾아가 마음먹은 대로 목에 힘주어 말했다. "어떻게든 그곳에 가야겠습니다." 아주 가끔 우리의 미끌미끌한 삶도 주말드라마처럼 포장되는지, 시건방진 요청에 교수님은 출석으로 처리할 테니 최대한 많은 것을 얻어오라는 감동적인 결론을 내주었다.

나의 목적은 오직 소설가 김영하였다. 자세한 이유까지는 몰라도 당시 국문과 아이들 사이에서 김영하의 존재는 우리가 하려고 했던 것을 먼저 한, 아주 치사한 작가처럼 받아들여졌다. 무지였고 질투였다. 나는 그가 어떤 표정으로 말하고 어떤 몸짓으로 이야기하는지 궁금했다. "우리 갈 길을 선점하시다니, 그런데 그 전략적 오토바이는 1인승입니까? 옆에 자리 없어요?" 물어보려 했던 것일까. 잘 기억나지 않는다. 그 기대와 호기심, 의기양양했던 발걸음 모두가 한강의 목소리에 잡아먹혀버렸으니까.

지난봄만 해도 갓난아이 손바닥만했던 피멍들이 이제 큼직한 토란잎처럼 부풀어 있었다. 게다가 멍의 색깔이 그때보다 진해졌다. 봄날의 연푸른 실버들 가지가 여름 들면서 짙게 푸르러진 것 같은 둔탁한 녹색이었다.

마치 타인의 몸을 만지듯이 떨리는 손을 뻗어 아내의 멍든 어깨를 쓸어보았다. 얼마나 아프게 다치면 이런 멍이 드는 것일까.

그러고 보니 이날 아내의 얼굴은 납물이 든 것처럼 푸르스름하게 지질려 있었다. 제법 윤기가 있었던 머리카락은 마른 시래기처럼 푸석푸석했다. 눈의 흰자위는 새하얗다 못해 엷은 쪽빛이 났는데, 그 때문에 유난스레 검어 보이는 눈동자가 물기를 머금고 번쩍이고 있었다.

_『내 여자의 열매』 220–221쪽

그가 아주 작은 목소리로 인사를 할 때까지만 해도 나는 전혀 알아채지 못했다. "93년인가, 96년인가 데뷔했던 것 같은데, 처음 발표했던 소설이 『7번 국도』였던가, 아니 그건 김연수 소설이지. 기억나는 작품은 「여수의 사랑」이 있고, 「해질녘에 개들을 어떤 기분일까」로 조별 발표도 한 기억이 나는데 사실 잘 와닿지 않아서 대충 분석하고 그랬지."

지금은 믿어지지 않지만 저 혼잣말 그대로 중얼거리던 때가 있었다. 농구 마니아가 마이클 조던의 87년 성적을 줄줄 외우듯 동반자도 없는 자칭 문학청년은 제발 누가 좀 들어달라는 듯 혼잣말을 했다. 그것이 나의 스포츠였다. 아무것도 모르면서 기억나는 조각을 모아 최대한 화려한 모양으로 펼쳐 보이는 일. 문학을 분석하고 이야기하고 공부했지만 실상 공감각적 심상을 배우던 고등교육의 한계에서 조금도 벗어나지 못했던. 그 알량한 스포츠를 뚫고 가느다란 목소리가 들려왔다. 그는 「내 여자의 열매」 한 구절을 낭독했다. 단언할 수 있다. 내 인생을 오간 모든 목소리 중에 가장 축축했다.

한 강 소설
내 여자의 열매

초록빛 얼굴 속에서 두 눈이 희미하게 반짝였다. 뒷걸음질치는 나를 향하여 아내는 몸을 일으키려 했다. 그러나 일어날 수도 걸을 수도 없다는 듯이 다리께를 움찔 경련했을 뿐이었다.

아내는 고통스러운 몸짓으로 낭창낭창한 허리를 좌우로 흔들었다. 새파란 입술 속에서 퇴화된 혀가 수초처럼 흔들렸다. 이빨은 이미 흔적도 남아 있지 않았다.

……물.

_『내 여자의 열매』 233쪽

아내의 희끗한 입술이 오므라들며 신음에 가까운 외마디가 새어 나왔다.

나는 홀린 듯이 싱크대로 달려갔다. 플라스틱 대야에 넘치도록 물을 받았다. 내 잰 걸음에 맞추어 흔들리는 물을 왈칵왈칵 거실바닥에 쏟으며 베란다로 돌아왔다. 그것을 아내의 가슴에 끼얹은 순간, 그녀의 몸이 거대한 식물의 잎사귀처럼 파들거리며 살아났다. 다시 한번 물을 받아와 아내의 머리에 끼얹었다. 춤추듯이 아내의 머리카락이 솟구쳐올라왔다. 아내의 번득이는 초록빛 몸이 내 물세례 속에서 청신하게 피어나는 것을 보며 나는 체머리를 떨었다.

내 아내가 저만큼 아름다웠던 적은 없었다.

_『내 여자의 열매』 234쪽

어떻게 사람의 목소리가 물기의 정도로 축축할 수 있을까. 논리나 과학의 문제가 아니었다. 너무나 차분하고 조용한 목소리였지만 커다란 홀이 축축한 목소리에 잠겼다. 잔뜩 포위되었다. 내가 이곳에 온 명분과 치장 모두 잊었다. 촉촉함과 축축함은 다르다. 하지만 그 자리에 있던 누구도 불쾌해하지 않았다. 쉽게 감당할 수 있는 목소리가 아니었으니까. 한 여자가 식물이 되는 비극 혹은 판타지 혹은 착란 앞에서 한강의 음성은 그래도 결국 이야기일 뿐이라는 듯 관조했다. 자신이 직접 써내려간 희귀한 슬픔을 흔한 민담처럼 읽어주었다.

스포츠라는 비유를 여전히 놓지 않는다면, 그는 마치 기막힌 역전 골을 성공시키고는 모두가 열광할 때 한 박자 덜 완벽했다는 표정으로 힘없이 걷는 괴물 선수처럼 보였다. '뭘 놀라고 그래. 그래봤자 똑같은 한 점일 뿐이지'라고 하는 듯. 좀 이상한 게임이다. 또박또박 발음하여 공격하는 사람이, 듣는 사람 즉 수비수의 골문에 언어라는 공을 힘껏 차 넣었는데 도리어 점수를 잃은 쪽이 환호했다. 박수로 격려하면서 한 골 더 부탁합니다, 어렵다면 아까 그 신묘한 드리블이라도 한 번 더.

다시 읽는다. "혀가 수초처럼 흔들렸다. 이빨은 이미 흔적도 남아 있지 않았다." 어떤 문장이 마음에 걸리면 반복해서 읽는다. "이빨은 이미 흔적도 남아 있지 않았다." 이미 흔적도 남아 있지 않은 이빨을 발음해내는 나의 입과 이빨. 특정한 구절을 여러 차례 읽는 행동은 작가의 호흡을 베끼는 일이다. 들숨과 날숨 사이에 같은 문장을 포갠다. 글이 아주 잠시 말이 되어 입 밖으로 나왔다가, 다시 글이 되어 귀로 들어온다. 세심한 단어 하나 하나 쌓아 만든 이야기의 집에 들어가 무엇이 되었든 가장 좋아하는 스포츠를 떠올려본다.

이어달리기, 조정, 탁구, 아니면 테니스는 어떨까. 한 손에 라켓을 들고 다른 한 손에 "큼직한 토란잎"이라는 구절을 들고 우리는 월드컵이라는 대축제가 끝난 축축한 그 겨울의 코트에서 어떤 스코어를 기록했던가.

4.

작은 집과 독한 술

『작은 집』,
르 코르뷔지에, 이관석 역,
열화당, 2012

『스트레이트 온 더 락 1』,
후루야 미쓰토시, 권남희 역,
김영사, 2008

한 권의 책 전체를 통틀어 단 한 장의 사진만이 두 쪽에 걸쳐 펼침면으로 (여백도 없이) 들어가 있다면, 나는 그 앞에 무력해진다. 다른 사진이나 글이 일정한 레이아웃에 맞춰 부분 부분 진행되다 펼침면 가득 한 장의 사진이 말 그대로, 쏘아진다. 펼쳐진다. 쪽수로 기록할 수 없도록 한 면 가득히. 그때 나는 내 몸이 예고 없이 언어의 공간에서 영화의 공간으로 옮겨지는 착각을 한다. 글을 읽기 위해 열심히 눈을 좌에서 우로, 위에서 아래로 움직이다가 이상한 기분에 고개를 들면 앞쪽에 거대한 스크린 혹은 풍경이 펼쳐져 있다든지. 그래서 그 부분을 쉬이 넘기지 못한다.

『작은 집』의 36-37쪽도 마찬가지다. 이전까지 작은 집의 외관과 내부를 작게 작게 보여주다가 훅— 하고 펼쳐지는 창가의 사진. 흑백의 사진. 오래된 사진이어서 입자가 고르지 못하지만 시야를 방해하지는 못한다. 탁자 하나. 탁자를 둘러싼 의자 넷. 그리고 그 옆에서 내 쪽을 바라보는 의자 하나. 조명 하나. 그런데 그 조명은 천장에서 시작되지 않고 바로 옆 살짝 삔은 벽에 붙어 SF 영화에 등장하는 기계손처럼 내려와 있다.

탁자 위에는 책 한 권. 책의 표지나 이름은 식별할 수 없다. 벽면에는 회화 한 점과 앞서 말한 조명을 켜는 용도가 아닐까 싶은 스위치 하나. 걷은 커튼과 창문 밖으로 보이는 나무와 식물들. (나는 흑백 사진인데도 바로 '초록의 식물'이라고 알아차린다. 이럴 때 인식은 참 쓸데없다.) 낮은 책장에는 양장의 책 몇 권. 비슷한 모양의 도자기 병이 둘. 사진의 경계에 잘려 절반만 보이는 둥근 접시. 오후의 빛이 탁자 끝에 머물러 있고, 공간을 구분하는 짙은 커튼이 무언가로 고정된 듯 부자연스럽게 꺾여 있다.

그리고 『작은 집』의 표지를 보면 열다섯 숫자로 구성된 단출한 도면을 통해 내가 조금 전 오래도록 바라본 한 장의 사진이 바로 거실(8번)과 침실(9번)의 경계, 채광창 옆이라는 사실을 발견할 수 있다. 짙은 커튼 너머 침실은 사진으로 보이지 않는다. 이번에는 이 도면을 유심히 살펴본다. 현관문(3번)으로 들어오면 내부의 어떤 문도 움직임을 방해하지 않는다. 무려 열다섯 가지 공간으로 구획되어 있지만 어느 곳 하나 막다르지 않다. 벽에 막혀 돌아갈 필요 없는 구조. 모두가 한곳에 뭉뚱그려진 '원룸'과

UNE
PETITE
MAISON
작은집

는 다르다. 각각 자신의 역할을 가지고 있지만 그것이 서로 통하는 (작가 르 코르뷔지에의 표현을 따르자면) 순환구조. 르 코르뷔지에가 직접 그린 순환구조의 도면을 보면서 술에 관한 만화 『스트레이트 온 더 락』의 한 장면을 생각한다.

프럼 더 배럴(From the barrel)

51.4도의 높은 알코올 도수의 위스키이다. '배럴'이란 영어로 '통'이라는 뜻으로, '프럼 더 배럴'은 '통에서 바로 꺼낸 술'을 의미한다. 보통 위스키를 제조할 때 원액에 물을 첨가해 도수를 43도 정도로 낮춰 출하하는 것이 일반적인데, 이 술만큼은 물을 전혀 첨가하지 않고 그대로 출하한다고 한다.

_『스트레이트 온 더 락』 176쪽

작가 후루야 미쓰토시는 등장하는 인물들을 언뜻 구별하기도 어렵게 묘사하면서 정작 언급되는 술은 한 쪽을 전부 할애하여 병의 형태와 라벨을 표현한다. 바(bar)

스트레이트
온더락

레몬하트의 주인장에게 한 손님이 마일드니 라이트니 옅은 술이 뜨는 최근의 흐름을 투정하며 "독한 술"을 묻자 그는 프롬 더 배럴을 꺼내든다. 술병도 딱 네모 반듯하여 마치 병목을 잡고 술통에서 주욱 빼낸 것처럼 보인다. 물을 전혀 더하지 않은 위스키대로의 위스키. 그 순박한 방식이 르 코르뷔지에의 『작은 집』과 같은 결을 타고 흐른다. 통에서 바로 꺼낸 술. 땅에서 바로 일으켜 세운 집.

속된 인간인지라 "물을 섞"거나 "집을 꾸미"는 장치와 전략 역시 매혹적으로 받아들인다. 욕심을 다 비우고 살지 못한다. 서점, 문구점, 소품 가게에 가면 정신이 잠시 흐릿해질 정도로 열광하는 것도 사실이다. 하지만 빙빙 돌려 말하는 처세의 어휘를 한 시간 넘게 듣고 있으면 못날지언정 또렷한 직설이 그리워지듯 종종 가본 적도 없는 작은 집에서 마셔본 적도 없는 프롬 더 배럴을 마시는 꿈을 꾼다. 통에서 바로 꺼낸 술. 호숫가에 지어진 최소한의 집. 마음에서 바로 꺼낸 말. 옅은 술과 커다란 집에서는 찾을 수 없는 가치의 단서들이 독한 술과 작은 집에 존재한다면, 비좁고 취할지 몰라도 한 번에 들이켜봐야 한다.

5.

다 괜찮아 對 다 망한다

『빈방의 빛』,
마크 스트랜드, 박상미 역,
한길아트, 2007

게으르다. 끈기가 없다. 나태하다. 진득하지 못하다.

무슨 대단한 자랑거리라고 네 번이나 다른 어휘로 쓰는지…. 그런데 일상의 태도는 책을 읽을 때도 마찬가지로 적용된다. 긴 글을 잘 읽지 못한다. 게으르게 생활하면서 "끈기는 없지만 책만큼은 1,300페이지의 『율리시스』 같은 것도 곧잘 읽습니다"라고 말하는 유형이 아니다. 중편 소설 정도 분량을 읽으면 기진맥진해진다. 만약 책이 두껍다면 어디를 택해도 될 경우만 읽을 수 있다.

장편이 그러한데 대하소설이나 상중하 권으로 구성된 작품은 시도조차 하지 못한다. 전시장에서 그림을 볼 때도 의도된 동선을 따르지 못하고 이 그림 저 그림 마구잡이로 본다. 놓치는 그림도 생기고 정해진 차례에 떠밀리지 않고 오래도록 보는 그림도 생긴다. 진가를 알아채지 못하는 그림이 생기는 동시에 나만의 그림도 그 어지럽고 개인적인 동선에서 태어난다.

누가 누구인지 어떤 관계인지 인물 소개와 관계도를 그려야만 이해하는 대서사보다 몇 명 등장하지도 않은 채 완결되는 이야기가 좋다. 실제 내 삶도 그래서, 사라진

줄 알았던 친구가 12년 후에 백발의 모습으로 돌아와 "내 그간 우랄산맥에서 무공을 꽤 익혔지"라고 현대무협사에 몇 줄 추가라도 할 듯 말하는 다채로운 관계의 망이 갈래 갈래 뻗어 있지 않다. 공간을 이동하지 않고, 지금 이곳에서 시야 안에 있는 사람들의 이야기를 선호한다. 좁은 곳, 짧은 시간, 적은 사람, 날렵한 이야기들.

글을 쓸 때도 똑같은 일이 벌어진다. 콩트라는 이름의 짧은 글을 써 모으기 시작한 것도 긴 호흡의 글에 자신이 없기 때문이었다. 단편의 분량이 넘어가면 인물이 휘청거리고 서로 혼동한다. 선택의 폭이 좁다는 말을 아무리 포장하려 해도 그저 단점에 불과하지만 쉽게 고쳐지지 않는다. 주로 문단이 채 스무 개가 넘지 않는 이야기를 쓴다. 이어질 콩트처럼.

고등어다. 이제 냄새만으로 생선의 종을 구별할 수 있게 되었다. 아파트 설계를 엉망으로 한 탓에 옆집 식사 냄새가 환기구를 타고 넘어온다. 넘어온다고 표현하기 모자라다. 군대의 기세를 닮아, 나의 부

억을 점령한다. 옆집에서 돼지갈비라도 굽는 날이면 침대에 누워만 있어도 배가 부를 지경이다.

더 고통스러운 사태는 얼마 전 시작되었다. 육식을 좋아하던 남자가 이사를 가고 어떤 여자가 혼자 이사를 왔다. 이사라고 했지만 아무런 소음도 없이, 짐을 나르는 기색도 없이, 빈집에 몸 하나 쑤욱 삽입되듯 이 공간에 고요히 들어왔다. 이웃과 인사를 나누지도 않았고, 그녀를 보았다는 사람도 없었다. 우유 혹은 신문 배달도 없었으며, 음식물 쓰레기를 버리는지도 확실치 않았다. 텔레비전을 보며 웃거나 울지도 않았다.

누군가 옆집에 살고 있다는 사실을 확인하게 해주는 것은 냄새였다. 매일 저녁 나의 방으로 침입하는 생선 비린내. 벌써 그녀가 이사 온 지 한 달이 되었는데, 매일이 같았다. 고등어, 고등어, 고등어. 어제와 오늘과 내일을 고등어로 마감했다. 나는 침대에 누워 냄새를 킁킁거리다, 조금 슬픈 향이라고 생각했다.

우스운 생각이 떠오른 것은 그때였다. 혹시 그녀는 고등어가 아닐까. 자신의 살을 떼어 조금씩 구워 먹고 있는 거대 고등어. 혹은 인육에 중독된 사람도 있다는데, 그처럼 작은 고등어 맛에 빠진 커다란 고등어. 나는 비죽비죽 웃으며 자책했다. 실없는 생각이다. 그렇지만 언제나 우리를 괴롭히는 것은 실없고 사소하며 존재조차 없는 의미, 의미조차 없는 존재들 아니었던가. 멍한 추측이 확신이 되기까지 오래 걸리지 않았다. 심지어 생선의 미끄러운 느낌이 매끈한 몸과 연결되어 성적인 환상마저 더해졌다. 나는 고등어 여자가 보고 싶었다. 초인종을 누를 완벽한 핑계도 있었다.

"역한 냄새가 넘어와서 말이죠."

여자는 대답하지 않았다. 단지 목을 조금 움직여 이해할 수 없다는 제스처를 보였다. 단발의 머리가 어깨에 닿았다 떨어졌다. 얇은 셔츠를 입은 긴 생머리의 여자일 거라고 상상한 나의 진부한 공상을 무너뜨렸다. 여자는 계절에 어울리지 않는, 두꺼운 점

퍼를 입고, 몸을 옅게 떨고 있었다. 3월의 공기가 아직 차다지만, 기이한 인상이었다.

"매일 그렇게 고등어만 구워 드시니까 견딜 수가 없어요."

여자가 웃었다. 나는 단박에 알았다. 이것은 웃음이 아니다. 완벽한 무시의 한 종류. 맞은편의 상대가 누구든 똑같은 모양새로 지을 수 있는 미소였다.

"다른 것은 못 먹어요."

"그러면 고등어만 드시나요? 밥도 없이 찬도 없이?"

"그러면 안 되나요?"

고등어만을 섭취하는 생활을 정상적인 삶이라 부를 수 있을까. 생각이 뒤집혔다. 여러 음식을 고루 섭취하는 삶이란 생선과 어떻게 다른가. 그 단조로운 일생과 다르긴 다를까. 누군가 "우리는 사유한다"고 할 것이다. 웃기는 소리다. 인간은 결코 사유할 수 없어 사유라는 단어를 만들어냈다. 사유하는 척하기 위하여. 그녀가 생각을 끊었다.

"왜 대답을 못하세요. 그러면 안 되나요?"

"그래도 될 것 같다는 생각이 들어서요."

그녀는 웃었다. 아까와는 다른, 물기가 가득한 웃음이었고, 무언가에 흔들거리는 표정이었다.

"그런 말이 어디 있어요. 당연히 그러면 안 되죠. 영양분이 한쪽으로 치우쳐서 금세 쓰러질 걸요. 제가 정말 고등어만 먹을 것 같았나봐요. 사람 말을 잘 믿는 거예요, 아니면 상상력이 풍부한 거예요?"

"원래 그렇게 말을 또박또박 하세요?"

"네. 그러면 안 되나요?"

이번에는 함께 웃었다. 함께라고 했지만 오늘 처음 본, 막역한 사이의 웃음이 아니었기에 다소 어색한 기운도 들어 있었다. 그녀는 미안하다고 했고 다음부터는 환기에 신경을 쓰겠다고 말했다.

그렇지만 다시 냄새가 배어나온 것은 고작 다음날 저녁이었다. 표리부동. 표리부동. 나는 일수 메모장에 낙서를 해나갔다. 표리부동. 표리부동. 메모장이 까맣게 변해가고 쓰여진 글씨가 표리부동인지 모리부롱인지 모르게 되었을 때, 누군가 문을 두드렸다.

"하나 드시라고 구웠어요. 냄새는 지독한데 맛은 있을 거예요."

그녀가 호일로 감싼 고등어구이를 내밀었다. 일수 메모장은 쓰레기통에 버려졌다. 거대 고등어가 구운 고등어는 어떤 맛일까. 놀랍게도 문장 그대로였다. 냄새는 지독하고, 맛은 무척이나 좋았다. 아주 살짝 그을린 껍질 위로 굵은 소금이 몇몇 그대로 보였는데, 그 소금마저 알맞게 구워져 노릇했다. 속은 얼마나 부드럽게 구워졌는지 가볍게 찔렀는데도 젓가락 끝이 쑤욱 들어갔다. 한 점 떼어 입안에 넣으니 소금의 짠내가 먼저 훅 퍼졌다가 씹을수록 담백한 살의 맛이 강해졌다. 고슬고슬한 쌀밥이 간절했다. 이제 눈치 볼 것도 없었다.

"혹시 밥 있으세요? 지금 올리자니 고등어가 식을 것 같아서…"

"그럼 아예 들어와서 같이 먹어요. 이 집에서 고등어구이를 함께 먹은 사람은 당신이 처음이에요,

그런 소리 안 할게요."

하지만 나는 누군가의 집에서 고등어구이를 나누어 먹는 일이 처음이었다. 어제 처음 알게 된 여자의 집에 들어왔는데, 모습이니 인테리어니, 기억나지 않는다. 세 가지 그릇에, 쌀밥과 고등어구이 그리고 마늘장아찌가 담겨 있었다는 사실만 기억한다. 국 하나 없었지만 내 생애 가장 완벽한 저녁식사였다. 이름도 모르는 여자가 구워준 고등어였지만 만화처럼 혹은 그림처럼 뼈와 머리만이 남았다.

우습게도 이야기는 그것으로 끝이다. 사족 혹은 주석을 덧붙이자면, 함께 한 몇 번의 식사가 더 있었고, 조금 애틋한 감정도 들었고, 그것은 연애와 닮았고, 웃음도 있었고, 오해도 있었고, 관계와 인연도 있었고, 우리를 파고든 삶의 가혹한 테두리도 있었지만, 그 모든 일들은 생애 가장 맛있던 고등어구이를 말하는 것보다 하찮았다. 그 모든 사연들은 그릇 위에 남겨진 뼈와 머리 같았다. 과학자인지 전문가인지 하는 사람들은 영양이 있다고, 의미가 있다고 강변하지만 결국 남겨지는 부분들.

우리는 모두 중요하다-당신은 무엇이든 할 수 있다-여기를 보라-그때를 잊지 말아라-지금을 기억하라-내일을 계획하라-무책임한 언어가 넘쳐난다. 사실 우리는 모두 하찮은 사람들이다. 인생이라는 시간 동안 데이터처럼 쌓인 기억들이 그렇게나 중요한가. 위로의 이름으로 나를 흔드는 문장과 언어를 모두 걷어내자, 내게 남은 것은 사소한 냄새와 어떤 웃음과 무시들, 탁자의 나무결과 젓가락이 그릇에 닿는 소리들이었다. 가장 맛있는 고등어구이를 차려준 그녀의 이름은 너무도 흔한 것이어서 기억나지 않는다. 나는 그녀를 거대고등어라 기억한다. 그 편이 더 물기를 담고 있으니까. "그러면 안 되나요?" 아뇨. 그래도 될 거예요.

이렇듯 짧은 글은 전문을 수록할 수 있다. 얇은 손목이 반짝이는 사진을 보며 아름다움에 대해 논하는 것도 좋지만 타인의 글이라면 완전한 육체 하나를 빌려야 할 때가 생긴다. 거대한 부분보다 사소한 전체에 대해 쓰고 싶다.

에드워드 호퍼(Edward Hopper)의 그림도 마찬가지다. 고전적인 명화들이 한 폭의 그림에 다양한 맥락과 의도, 숨겨진 상징과 암호, 사람들이 당시 역사 속에서 채 발견하지 못했던 '빠진 부분'을 채워넣으려 했다면 에드워드 호퍼는 그림을 테두리, 액자 밖으로 뻗게 만들려는 욕망 자체가 없다. 비밀스러운 지시문을 걷어내고 앞뒤의 맥락 없이 위아래의 서열 없이 한 점 그림을 한 점으로 끝낸다.

그의 그림에서 다분히 많은 인물들이 어딘가를 바라보고 있지만, '어딘가'에 대한 단서는 등장하지 않는다. 그렇다보니 호퍼의 그림을 통해 현대 미국사회, 시대의 우울에 대해서(만) 해석해내려는 우스운 시도는 그만둔다. 시인 마크 스트랜드(Mark Strand) 역시 호퍼의 그림에서 "사회상의 기록도, 불행의 은유"도 아닌 "감각이 지배하는 가상 공간"을 보려고 했다. 해설하지 않고 방만한 해석을 흐트러뜨린다. 그러면서 그의 글은 평론도 시도 에세이도 아닌, 분류할 수 없는 글이 된다. 가상의 공간을 쫓아 가상의 글을 쓴다.

〈아침 햇살〉의 여자는 〈케이프 코드의 아침〉의 여자와 닮았다. 옷 색깔도, 금발 머리를 뒤로 빗어 넘긴 것도 비슷하다. 여자는 침대 위에 앉아서 도시가 내다보이는 커다란 창밖을 응시하고 있는데, 〈케이프 코드의 아침〉의 여자처럼 따스한 햇살을 온몸에 받으며 그림의 영역 너머에 존재하는 무언가에 주의를 빼앗긴 모습이다. 그리고 여자는 호퍼의 그림 속 어느 여자보다 빛에 의해 조각된 느낌이 강하다. 빛의 조화造化인지, 또는 물감이 그렇게 칠해졌는지, 그녀의 몸은 호퍼의 다른 그림에 등장하는 여자들처럼 형태가 어색하거나 거칠어 보이지 않는다.

_『빈방의 빛』 61–62쪽

흐트러진 침대 옆에서 양탄자처럼 바닥에 깔린 햇볕 위에 담배를 들고 서 있는 〈햇볕 속의 여자〉의 경우는 좀 다르다. 햇살을 받으며 서 있긴 하지만 그 열의가 좀 덜한 것 같다. 여자는 생각에 잠겨 있는 듯하다. 빛은 그녀의 앞부분을 덮고 있고, 빛이 닿지 않는 몸의 뒷부분은 급격히 어두워진다. 여자의 몸은 매끄럽지도, 완곡한 곡선을 이루고 있지도 않다. 그보다는 빛이 만드는 곱지 않은 경계선이 다소 남성적인 그녀의 근육질 몸 위에 머무른다. 호퍼는 삽화가였을 때 인체를 이상화시켜 표현하곤 했지만, 화가가 된 후 그는 더 이상 이런 표현을 하지 않기로 한다. 그가 그린 여자들은 전체적인 그림에 비해 특별히 미화되지 않았으며, 그림의 다른 부분들과 마찬가지로 형식적인 원칙들에 철저히 귀속된다.

_『빈방의 빛』 62쪽

〈햇볕 속의 여자〉에서 묘사된 여자는 어느 누구의 미적 관념에도 맞지 않을지 모른다. 그럼에도 그녀는 엄청난 존재감으로, 방 안을 다소 울적하고 사색적인 에로스로 가득 채운다. 이런 내성적인 순간을 즐기고 있는 게 분명하다. 여자는 다리를 살짝 벌린 채 햇볕의 따스함과 창문을 통해 들어오는 기분 좋은 바람에 몸을 맡기고 서 있다. 아마도 그녀는 일어나자마자 자신의 살결을 한 번 쓸어내렸을 것이고, 그 뒤 자연스럽게 이러한 탐닉에 빠지게 되었을 것이다. 잠자기 전에 잠옷을 입거나 슬리퍼를 신는 타입의 여자가 아니라는 것은 분명하다. 침대 밑의 하이힐은 그녀가 급하게 잠자리에 들었다는 것을 말해준다. 그러나 지금의 사색적인 모습이 무엇과 관계가 있는지, 전날 밤 잠들기 전에 무슨 일이 있었는지를 추측하는 일은 무의미하다. 그녀의 과거는 뒷모습처럼 그늘에 가려져 있다.

_『빈방의 빛』 62–65쪽

1950년에 그려진 에드워드 호퍼의 그림에 대해 쓴 1994년의 마크 스트랜드 글을 인용하는 2014년의 한 챕터. 때때로 책은 멋진 가상 공간이다.

에드워드 호퍼의 그림은 보는 사람을 (그 즉시) 구체적인 세계에서 떨어뜨린다. 그의 그림을 쉬지 않고 계속 보고 있으면, 아무것도 알 수 없게 되어 어떻게 아무것도 알 수 없게 되었는지 하염없이 말하고 싶어진다. 누구인지, 어떤 상황인지, 어디인지, 무슨 생각을 하는지. 심지어 우리는 창밖에 태양이 있다는 사실조차 태양의 드로잉이 아닌 그림자의 존재를 통해 역으로 안다. 어떻게 확신하는가. 혹시 태양이 닿지 않는 열악한 암흑의 도시에서 강제로 강한 빛을 쏘는 것이라면, 혹은 벽에 드리워진 그림자가 실은 그림자가 아니라 그 모양대로 벽에 그려진 음영일 뿐이라면.

그래서 에드워드 호퍼를 사실주의 작가라고 분류하게 되면, 실재하는 사물과 인물로 쌓아올린 가상 공간에 대한 오해가 되지만, 한 가지 전제에 의해서 옳은 말이 된다. 그의 그림에 등장하는 인물들은 모두 정물처럼 보인다. 특별한 의미 없이 그냥 거기에 있다. 미술 시간 콜라캔이나 사과, 화분이나 물병을 그릴 때 나는 그 사물들이 내 앞에 있는 의미에 대해 생각하지 않았다. 그저 사물은 내 앞에 있다. 나는 그리기 위해 그것들을 가지고 왔지, 뜻하기 위해 가지고 오지 않았다.

호퍼의 그림도 그렇다. 그는 인물의 생활이라는 긴 영상 중 한 컷만을 잘라 보여준다. 하루 86,400초 중에 정지된 순간 하나로 어떤 진중한 의도도 읽어낼 수 없다. "『빈방의 빛』에 등장하는 저기 저 여자는 AB형일 것이다"라고 말할 수 없다. 나라는 사람의 기호를 파악할 수 없다. 순간 어두운 표정이 얼굴을 감쌌다고 해서 나의 우울로 몰고 가지 못한다. 논리적으로 분석 불가능한 순간이 숱한 오독을 불러 모든 것을 망칠 때 에드워드 호퍼의 그림은 지극히 사실적이 된다.

'체계 잡힌 단점'이란 얼마나 우스꽝스러운 말인가. 나는 개연성을 가진 극적 캐릭터와는 달라서 엉망진창이면서도 그 엉망마저 뒤죽박죽이다. 나라는 인물의 하루는 뚝뚝 끊어져 서로 배반하고 착각한다. 개인을 파악할 단서는 너무 멀리 떨어져 있거나 서로 다르다. 이렇게 혼란스럽지만 1초, 또다른 1초, 어떻게든 실제로 존재하는 장면들이 호퍼의 한 점이 될 자격을 얻는다.

흩어질수록 핵심은 열어지고 하나로 몰아갈수록 의도는 강해진다. 주변에 만연한 관용구도 자꾸 나를 마취하려 한다. "다 괜찮아"라든지, "다 잘 될 거야"라든지, 혹은 정반대로 "다 망한다" 내지는 "좋은 때는 끝났다"는 말들. 싸잡거나 단언하거나 확실한 하나의 방향을 지시하는 말들은 고약한 냄새를 풍기며 나의 생활을 얼버무린다. 느닷없이 친근한 말투로 말하자면, "어디에서 포악한 말들을 들으며 위로와 상처를 동시에 받고 있나요. '넌 늘 그게 문제야'의 세계와 '넌 뭐든지 할 수 있어'의 세계에서 빨리 빠져나와요. 사실 너무 엉망진창인 우리는 한 문장 때문에 망하지도, 괜찮아지지도 않아요."

6.

무국적
칠면조의
밤

『페가서스 10000마일』,
이영준,
워크룸 프레스, 2012

『디자인은 보이지 않는다』,
루치우스 부르크하르트, 박소영 역,
지식을만드는지식, 2012

불분명한 세계가 있다. '진심 어린 소통'의 건너편. '너는 진보냐 중도냐 보수냐'의 4번 문항. 이야기는 결론나지 않고 뚜렷한 캐릭터는 잡히지 않고 상식이 통하지 않는 곳. 『로미오와 줄리엣』의 로미오가 독약을 입에 물기 직전에 모든 이야기가 멈춰 지직거리며 앞으로 나아가지 않는 곳. 상처받은 사람들이 토요일 밤에 손을 뻗어 힐링을 구하면 250년 전 유럽에서 전해 내려온 명언 한 줄 얻는 곳에서 한 아이가 안개를 뿜어내는 기계를 들고 누빈다. 갑자기 서로 잘 보이지 않는다. 모든 것이 혼란스러워 누군가 머그컵을 신으로 착각하고 또다른 누군가 거울을 보며 대체 나에게 왜 이러느냐고 묻고 또또다른 누군가 지금 상황을 전 세계에 알리기 위해 휴지 위에 전송 버튼을 휘갈겨 그려 누른다. 악화된다. 그곳은 끔찍한 디스토피아일까. 오히려 나의 환상은, 나의 구원은 그곳에 있다.

언어적으로 어디의 영토도 아닌 선박 페가서스와 일상의 서열이 무너지는 밤이 교차하는 상상을 한다. 세상 모든 것이 불분명해지는 공간과 시간. 대양 한가운데를 지나가는 배 위에서 맞이하는 새벽 2시를 떠올린다.

철완 이영준의
본격 항해, 어드벤처, 대양횡단,
기계비평서

저녁 식탁에 고기가 올라와 있길래 메스맨에게 무슨 고기냐고 물으니 '따르끼'라고 대답한다. 따르끼가 뭐지? 계속 물어봐도 따르끼란다. 도대체 무슨 고긴지 알 수가 없다. 필리핀식 고기인가? 나중에 먹어보고 알았다. 그것은 터키(칠면조)였다. 그들은 이런 언어로 소통한다. 그러면서 길이 363미터, 재화중량 13만 톤의 배를 정확히 목적지로 움직인다. 배는 공식적으로는 그 배가 등록된 나라의 영토이지만(페가서스는 말타에 등록돼 있으므로 말타 영토이다), 언어적으로는 어디의 영토도 아니다. 이 배는 누구도 제대로 된 영어를 하지 못하는데 엄청난 화물을 싣고 엄청난 거리를 이동한다는 점에서 무척이나 신기한 사회다.

_『페가서스 10000마일』 165–166쪽

(…)밤은 괴테가 그의 작품 두 군데서 표현한 것처럼, 삶의 더 아름다운 반쪽이다. 필리네(Philine)는 '도제 시절'에서 이를 말하고 있고, '도제 시절' 이전에는 헤르만의 어머니가 도로테아와 약혼하려는 아들에게 "밤이 네 삶의 보다 더 아름다운 부분이 되기를"이라고 말한다.

_『디자인은 보이지 않는다』 51쪽

낮과 밤, 이것은 하나의 서열처럼 보인다. 따라서 밤이 되어 그 서열이 무너지는 것이 흥미롭다. 힘 있는 자들은 집으로 가고 밤에 일을 해야 하는 사람들은 대부분 낮은 계급에 속한다. 그와 함께 밤에는 책임 소재가 달라진다. 낮에는 의사가 간호사들에게 "이제부터 환자의 맥박을 체크하십시오. 만약 맥박이 불규칙해지면 나를 부르십시오"라고 지시한다. 저녁에 퇴근하면서 의사는 "만약에 맥박이 불규칙해지면, 어떻게 할지 당신이 결정하십시오. 여기 약장 열쇠가 있습니다"라고 말한다. 낮에 고귀한 전문가들에게 할당되던 것이 밤이 되면 그 젊은 아가씨가 모든 것을 해도 되는 것이다.

_『디자인은 보이지 않는다』 55쪽

그때 무엇이 가능해지는가. 서로 알아들을 수 없는 각자의 영어로 말하면서도 정확한 행로로 이동하는 배를 타고, 어떤 조명으로도 도시처럼 밝혀지지 않는 밤 아래에서, 안정적으로 딛고 살아가는 땅 표면과 달라 모두를 출렁이게 하는 바다 위에서, 그 불확실한 세계에서. 그때 새벽 두 시의 망망대해에서 한 줄의 격언과 '나도 그렇다'는 고백이 무슨 소용인가. 확실한 세계에서 이렇게나 멀리 떨어져 나왔는데. 좀머 씨처럼 "날 제발 좀 내버려 두시오!" 외쳐봤자, 심지어 그 말을 들을 대상도 없는 시커먼 파도 위에서.

바다와 밤은 상식을 흡수한다. 인생의 가치를 도식화하려던 시도를 무참히 망가뜨린다. "따르끼"도 "터키"도 모두 "칠면조"가 될 때, 나는 밤을 통달하거나 총괄하는 사람들을 생각한다. 톨게이트의 새벽 근무자, 소방관, 작가, 일러스트레이터, 막내 기자, 서투른 자영업자, 편의점 납품 트럭 운전수, 밤의 라디오 디제이, 수많은 프리랜서, 하루 마지막 비행편의 기장, 불면증에 빠진 졸업반 학생, 그들은 약국도 닫고 번듯한 셔츠 하나 살 수 없는, 내가 내는 소음이 가장 크게 들리는 곳에 산다. 한낮에 들려왔던 사람들의 수다 소리, 자동차 경적 소리, 아이들의 고함이 실은 나의 추악한 소리를 가려주었다. '지금 네가 전 우주에서 가장 불순한 소리를 내고 있잖아'하고 탓하는 시간의 고요.

비록 그렇다 해도 그들은 자신만의 언어로 밤을 횡단한다. 도식의 바깥에서 낮의 법도를 뒤흔든다. 불규칙한 현재와 불분명한 미래를 마주한 밤의 사람들을 위로할 생각은 없다. 애초에 위안이 필요하지 않다. 모국어가 없는 선박 페가서스가 바다 위의 국가가 되어 정확히 목적지에 다다르듯이 그들에게 "밤이 네 삶의 보다 더 아름다운 부분"이 될 것이 분명하기 때문이다.

7.

폐허 위의 붉은 얼굴

『트웰브 핑거스(Twelve Fingers: Biography of an Anarchist)』,
조 소아레스(Jô Soares),
Pantheon, 2001

언젠가 콩트 한 편을 썼다.

아이가 울상이 되어 집으로 돌아왔다. 이유를 묻자 아빠가 밉다는 식의 이야기만 흘리며 종이 한 장을 내 쪽으로 집어던졌다. 그것은 학부모를 위한 숙제였는데, '정직한 삶이란 무엇인가요?'라는 질문에 자유롭게 작문을 하는 형식이었다. 나는 이렇게 써 보냈다.

"선생님. 질문하신 것은 어떤 전제나 부가된 설명 없이 단 하나의 호흡으로, 심한 경우 단답도 가능할 것처럼 "정직한 삶이란 무엇인가요?"라고 물을 문제가 아닙니다. 무신경하게 답한다면, "거짓이 없는 삶이죠"라고 선문답처럼 말할 수 있습니다. 다만 그 이전에, 우리는 의심을 품어봐야 합니다. 거짓말을 하지 않는다면, 채식을 한다면, 어려운 사람들에게 기부를 한다면, 그것으로 우리의 삶이 정직한 쪽으로 향하게 될까요.

즉 정직이란 단순히 선택에 달린 문제여서, 우리의 마음가짐에 따라 정직한 삶과 정직하지 않은 삶을 넘나들 수 있는 걸까요. 세계적인 갑부만큼 성공하여 제가 평생 벌 수도 없는 규모의 금액을 한 번에 기부하게 되는 삶은, 정직합니까. 어떨까요. 제가 묻는 것은 우리의 입장이 아닙니다. 그 스스로 "이 삶은 정직하다"라고 자부할 수 있을까 하는 의문이죠.

'정직한 삶이란 무엇인가?'라는 질문에 우리는 타인을 기준 삼아 대답해왔습니다. 내가 너에게 거짓 없다면 그것으로 나는 정직하다는 뜻이겠지요. 정말 그렇습니까. 내가 가장 속이기 쉬운 상대란 나 자신인데도요. 합리화의 과정에는 반드시 책략과 거짓이 포함되기 마련입니다. 그렇지 않은 것을 스스로 그렇게 만들어야 하기 때문이겠지요. 진정 자신에게 당당한 사람만이 저 짧은 질문에 짧게 답할 수 있을 것입니다.

문제는 또 있습니다. 제 철없는 가설입니다만, 인생 자체가 정직하지 않다면요. 우리의 삶 자체의 속성이 정직과는 거리가 멀어서 어떤 삶을 살든 선택의 문제가 아닌 당위의 문제로 떠내려갈 뿐이라면. 단순하게 말하겠습니다. 우리의 삶 자체가 거짓이라면 그 삶 속 개인의 발버둥은 아무런 의미를 지니지 않는 게 아닐까요.

아, 그렇다면 끝끝내 거짓인 삶, 살아 뭐하나 하고 생각할 수도 있습니다. 글쎄요. 저는 다르게 생각합니다. 이 모든 과정이 결국 허상에 불과하다면 그 속에 작은 틈이 생깁니다. 진실된 가치, 훌륭한 것, 옳은 길이라는 생각에서 벗어날 수 있는 틈 말입니다. 오히려 모든 삶이 거짓이 될 때, 우리는 우리의 인생을 허구로 만들 특권을 부여받게 됩니다. 선과 악의 기준에서 벗어난, 내가 추구하는 환상을 이룰 방법들. 알고 있습니다. 이것은 무척 악랄한 상상입니다. 그렇지만 하나는 확신해요. 우리에게 필요한 것은 거짓된 진실이 아니라 진실된 거짓들입니다. 스스로 합리화할 필요 없는 뚜렷한 허구, 환상, 이야기들. 그들이 모여 하나의 매력적인 얼굴을 만들어

내면 진실된 진실은 그때 생겨납니다. 그때가 되어서야 우리는 정직한 삶이란 무엇인가에 대해 생각해 볼 수 있겠죠."

숙제를 내준 선생님이 나의 글을 우습다는 식으로 읽어주었고, 아이는 친구들에게 비아냥을 산 모양이었다. 나는 아이에게 너도 언젠가 같은 고민을 할 것이고 같은 말을 할 것이라 말해주고 싶었지만, 그러지 않기로 했다. 그 '언제'가 반드시 온다면, 그것은 순전히 언젠가의 몫이다.

훌륭한 말을 해야겠다는 생각만 하고 있는 훌륭한 연사를 본 일이 없다. 멋진 연기를 해야겠다는 생각만 하고 있는 멋진 배우를 본 일이 없다. 진정한 표정을 지어야겠다는 생각만 하고 있는 진정한 얼굴을 본 일이 없다. 이 콩트는 한 권의 표지에서 시작되었다. 브라질의 소설가 조 소아레스(Jô Soares)의 두번째 소설 『트웰브 핑거스(Twelve Fingers)』로, 뉴욕에서 활동하는 디자이너 에반 개

프니(Evan Gaffney)가 작업한 표지다. 역사적인 사건과 인물을 근거로 완성한 소설로 2001년에 발간되었다.

이 책은 한 무정부주의자의 삶을 다루고 있다. 그는 곡예사 어머니와 민족주의자 아버지 사이에서 태어났으며 양손에 손가락이 하나씩 더 있는 열두 개의 손가락을 가진 인물로 그려진다. 작가는 실제 존재했던 인물에 가공의 주인공들을 더하여 익살스럽지만 가볍지만은 않은 이야기를 썼다.

책의 표지는 또 하나의 표지를 보여준다. 동명의 붉은 책이다. 그 뒤로는 얼굴을 인식할 수 없는 초상이 책에 가려져 있다. 이 초상은 주인공인 무정부주의자 디미트리 보르자 코로젝(Dimitri Borja Korozec)의 초상인가 그렇지 않은가. 그는 어떤 얼굴을 가지고 있으며 저 붉은 책을 들어내면 어떤 표정이 나타나는가. 혹시 저 책 뒤에는 어떤 표정도 존재하지 않는 것 아닌가? 초상이 폐허처럼 삭제된 것 아닐까? 불행하게도 우리는 이미 평면이 된 표지에서 어떤 정보도 읽어낼 수 없다. 혹은 반대로 무엇이든 읽어낼 수 있다.

얼굴이 존재하지 않는 자. 표정을 읽히지 않는 자. 어쩌면 그것이 아나키스트의 숙명이다. 자신이 품은 목적을 위해서라면 그것이 얼마나 편협한 것이든 '나 자신이라는 개인'은 즉시 포기하는 운명. 그리고 그 폐허 위에 놓인 것은 (다시) 한 권의 책이다. 한 아나키스트의 전기라는 이름으로. 조 소아레스는 삭제된 무정부주의자의 얼굴 위에 문장을 하나씩 더한다.

처음 가졌던 의문, 그는 표정이 존재하지 않는 것 아니냐는 질문이 뒤집힌다. 그의 전기 즉 이 책의 모든 문장이 디미트리 코로젝의 얼굴이 된다. 320페이지만큼 일생이 쌓이면 독자는 하나의 얼굴을 떠올리게 된다. 바로 그 얼굴, 이 책을 완독한 사람의 수만큼 존재하는 얼굴이 무정부주의자 디미트리 코로젝의 초상이다. 나는 다시 이 책 『트웰브 핑거스』의 표지를 바라본다. 그리고 생각한다. 폐허 위에 허구로 완성된 붉은 얼굴들에 대하여.

8.

낭독

『캠핑의 즐거움』,
함정혜,
이화여자대학교출판부, 2001

흔히 '얼굴 맞대고 이야기해야 오해가 적다'고들 한다. 전화, 문자 메시지, 서류, 이메일은 서로 오해하기 쉬운 매체라고. 그렇다면 책은 어떨까. 작가가 가진 고유의 어투와 문투로 쓰여 독자가 가진 고유의 어투와 문투로 읽힐 책은 어디까지 이해될 수 있을까. 더 나아가 이 책을 얼굴 맞대고 읽으면 어떻게 되는가. 누군가 소리 내어 읽고 누군가 동시에 듣는다면. 마주본 채로 순도 높은 밀담을 나누는 것처럼 이 문장에서 저 문장으로 쉼 없이 넘어가지 않을까.

책을 소리 내어 읽는 일, 낭독에 대한 낭만을 가지고 있다. 어떤 이가 책을 소리 내어 읽을 때 그는 제사장 혹은 무당처럼 변한다. 언어의 혼령을 자신의 목소리로 부르는 일. 납작하게 숨어 있는 단어를 빨래 널 듯 탈탈 털어 동그랗게 오므린 입으로 공기 중에 발산하는 일. 그렇다고 중독되듯 홀리지도 않는다. 낭독이 끝나면 문자로 가득했던 공간을 모두들 재빨리 평소대로 돌려놓는다.

2011년 1월 '산울림 낭독 페스티벌'이라는 이름의 유료 낭독축제를 열었다. 오직 낭독을 중심으로 한 공연의 연속이었고, 누군가는 자신의 시를, 누군가는 타인의 소설을, 누군가는 희곡을, 누군가는 흩어져 있던 문장을 모아 하나 둘 읽었다. 특히 마지막 공연에서 김연수 작가가 칼 세이건(Carl Sagan)의 『창백한 푸른 점』을 읽던 순간을 아직도 잊지 못한다. 나는 공연의 기획자였던 소설가 김중혁, 뮤지션 송은지와 함께 '실용 낭독회'를 열었다.

실질적인 쓸모를 지닌 낭독을 뜻하는 실용이 아니었다. 우리는 그저 실용서를 읽기로 했다. 보도자료에는 거창한 단어로 '이 시대 실용의 의미를 묻는다'고 썼지만, 세 사람 중 누구도 관객에게 실용의 시대적인 의미를 물을 생각이 없어 보였다. 겨울 한복판 차가운 무대에 앉아 단 한 번 낭독의 자격을 얻지 못했던 문장을 읽었다. 요리법부터 제품설명서, 요가에 대하여, 도박을 잘 할 수 있도록 도와주는 책까지. 어떤 관객은 끊임없이 키득거렸고, 어떤 관객은 미안하지만 몽롱하게 졸았노라 고백했다. 그때 나는 캠핑에 대한 실용서 중 지진에 대한 부분을 읽었다.

(1) 지진의 규모 및 자연, 사람에 대한 영향: 지진의 규모는 진도 0에서 9도로 분류하며, 3도 이상이 되면 여러 사람이 느낄 수 있고, 4도 이상이 되면 매우 놀라게 되고 피해도 예상된다. 5도 이상이 되면 벽에 금이 가고, 돌담 등이 무너지며, 사람들은 서 있기가 곤란해지고, 공포감이 온다.

6도가 되면 산사태가 발생할 수 있고 땅에 금이 가고 사람들은 걸어다니기가 어렵게 되고, 7도 이상이 되면 이성을 잃게 되고, 8도 이상이 되면 건물이 완전히 파괴되며, 철로가 휘고, 지면에 단층 현상이 오고 대공황이 일어난다. 아직까지 9도 이상은 관측된 바가 없다.

(2) 건물 안에서 지진이 났을 때: 우선 탈출구를 확인하고, 지진이 심하면 문이 뒤틀려 열리지 않을 경우를 대비하여 출입문을 미리 열어 놓아야 한다.

어떤 경우에 처하든지 라디오를 경청하고, 그 지시에 따라야 한다.

_『캠핑의 즐거움』 33-34쪽

낭독이 끝나고 사람들에게 들려주었던 이야기를 생각나는 대로 이곳에 옮겨본다.

"저는 사실 이번 낭독회를 준비하면서, 저희 세 사람이 실용낭독회라는 괴팍한 낭독회를 구상하고 만들어 가는 동안 두 가지 생각을 했습니다. 하나는 왜 누구도 이 실용문들을 크게 읽지 않으려 하지? 였고요. 왜 모두들 소설, 시, 희곡, 포장된 문장들만 읽으려 하는가. 왜냐하면 실용서와 실용문은 아름답지 않으니까요. 어째서 그런 걸까요. 아름답다는 것은 실제와 쓸모의 바깥에 있는 걸까요. 새알심을 넣으면 새알심 미역국, 우렁을 넣으면 우렁 미역국이라는 문장을 읽으면서 당연한 것을 마치 당연하지 않다는 듯 설명해주고 있는 이 문장에도 꽤 아기자기한 리듬과 미덕이 있다고 느꼈습니다.

또 하나의 생각은 어떤 실용문의 경우 그걸 학습하는 게 무슨 소용이 있을까, 였습니다. 실용 자체에 대한 의심인데요. 조금 과장해서 말하면 방금 읽었던 지진의 단계에 있어 우리는 과연 땅에 금이 가고 사람들이 걷지 못하는 장면을 보면서 '아, 그러니까 지금 6도로군, 곧 7도가 되면 나는 이성을 잃을지도 모르겠어'라고 생각할 수 있을까요? '나는 지금 건물 안에 있으니 우선 탈출구를 확보하고 문이 뒤틀리지 않도록 출입문을 열어두어야겠군'하고 대비할 수 있을까요. 공포란 무엇인지, 아픔이란 무엇인지, 상처란 무엇인지 설명해주는 문장들을 읽는 일이 대체 우리에게 어떤 소용과 쓸모가 있을까요."

그로부터 정확히 60일 후, 내가 발음한 문장들을 후회했다. 뉴스는 일본의 대지진을 보도하고 있었다. 네모 프레임 속 자연과 사람들의 이미지가 흔들리고 뒤틀렸다. 나는 앵커의 도움 없이 바로 알았다. 저 이미지가 7도와 9도 사이를 가리키고 있다는 것을. '대공황'이라는 세 글자 단어로 압축하기엔 너무나 복잡하고 어려운 아픔이 지금 저 땅에 만연하다는 사실을.

모순일 수 있겠지만 그 후로 낭독을 더 좋아하게 되었다. 단순한 발음이기보다 "이 문장들은 이제 나와 함께 합니다!" 선포하는 일과 같다. 강인한 선언 뒤에는 후회도 따르겠지만 그만큼 환희도 따를 것이다. 나의 문장 혹은 다른 작가의 글을 읽을 때마다 행간을 넘어 단어와 단어 사이 미묘한 간격이 보인다. 하찮아서 잘 보이지 않지만 글 전체를 죽이거나 살릴 정도로 육중하다.

낭독이 책의 완결이라 말하지 않는다. 책은 책 자체로 완성되어 있다. 우리가 그 책을 소리 내어 읽을 때 스스로 독자가 되는 동시에 작가가 된다. 분명 누군가에게 들려주고 있고 나 역시 듣고 있다. 낭독은 책을 읽는 또 한 가지 방법이 된다. 내가 운영하는 책방에서 종종 ('산울림 낭독 페스티벌'의 원형이 되었던) '우리 모두의 책 읽는 시간'을 진행하곤 하는데 그때마다 그 작은 곳이 온통 언어와 기호로 가득 찬다. 구어체와 이모티콘을 전파 너머로 집어치우고 한 공간을 인용의 도서관으로 만들어버린다.

인용의 도서관에서 우리는 짧은 시간동안 차분하고 평온해졌다. 그럴 리가. 하지만 분명 어제까지 부장님, 클라이언트, 선생님, 심지어 자기 자신에게 압박당했던 사람들이 순식간에 단어 밑으로 지면 밑으로 가라앉는다. 아무것도 보지 않은 채 듣기만 한다. 읽기만 한다. 그 순간만큼은.

캠핑의 즐거움

9.

마치 우주의 충돌,
마치 지각의 변동

『독약』,
프랑수아즈 사강 글,
베르나르 뷔페 그림,
이가림 역,
문예출판사, 1980

타인과 함께 일하는 것을 두려워한다. 그 대상이 누구든 서로 동등한 위치에서의 일이라면 두려움은 배가 된다. 마치 2-3개월을 주기로 비슷비슷한 연애를 반복하는 일처럼 느껴진다. 무척이나 자유로울 줄 알았지만 오히려 더 머뭇거리게 되거나 왜곡된 나를 꺼내보이게 되는 일. 서로가 서로에게 완전하지 않은 이상, 분명 무언가 요소요소 포기하게 되지 않을까. 그 접점에서 각자의 영향이 단점을 부각시키고 장점을 가려버린다면? 이런 걱정들.

콜라보레이션(Collaboration)이라는 이름으로 협업이 당연한 미덕이 되는 시대에 와 있다. 협업이 하나의 이벤트가 되고 불가능해 보였던 고지를 두 사람이 하나가 되어 점령한 듯 보여주는 사건들. 심지어 자본과 작품이 만날 때마저 동등한 협업마냥 포장한다. 콜라보레이션의 상징적인 기호가 "×"인 이유도 그 목적과 욕구에서 찾을 수 있다. 이미 너무도 찬란한 두 사람의 만남은 더하기도 나누기도 아닌, 곱하기라니까? 순도 100퍼센트의 그들이 100에 100을 곱하면 자그마치 일만이라고! 라는 듯이. 그들이 마케팅을 위해 꺼내든 수식을 여전히 사용해본다면,

독약

우리는 이미 경험으로 알고 있다. 많은 경우에 일 곱하기 일은 일(1×1=1)이었다는 것을.

그것이 진심에 충실했기 때문이든 다른 어떤 이유에서든 결혼과 이혼을 지속적으로 반복하는 화려한 배우, 연인, 부부를 떠올린다. 콜라보레이션 마케팅도 거대한 이름끼리의 결혼처럼 확성기로 소리쳐 홍보한다. 최고의 시너지. 마치 우주의 충돌. 마치 지각의 변동. 정말 그랬던가. 스타 작가, 스타 디자이너, 스타 브랜드의 만남에 우리의 삶이 뒤흔들리고 번쩍였던가. 오히려 기억에 깊이 남아 있는 협업은 1964년 발간된 소설가 프랑수아즈 사강과 화가 베르나르 뷔페의 합작 『독약』이다.

사강이 먼저 작품을 썼다. 『독약』은 1957년 당한 교통사고의 후유증을 치료하기 위해 입원한 병동에서 그녀가 쓴 일기의 모음이다. 통증을 없애기 위해 투여한 모르핀에 중독되어 그 독을 해독하기 위해 또다른 주사를 맞는 상황. 그 속에 사강이 있었다. 아픔을 잊기 위한 독에 중독된 자신을 치료하는 역사를 기록한다. 책의 제목이 '독으로부터'라든지 '해독'이 아니라 그저 독약(Toxique)

인 이유 역시 모호하고 멸렬한 상황에 대한 자기 풍자일 것이다. 9일에 걸쳐 쓴 일기를 화가 베르나르 뷔페에게 보여주었고, 그가 삽화를 완성한다.

> 엠푸울 반 병. 거의 목표에 달성한 셈이다. 난 별로 기분이 나쁘지를 않다. 나를 보들레르에 대한 거지 같은 책과 탐정 소설 세 권과 샤또브리앙과 아뽈리네르를 읽고 있다. 보통 책을 읽기 시작하면 나는 끝을 내는데. 지금은 정신 집중이 잘 안 된다.
>
> _『독약』 32쪽

이 두 사람은 서로를 보완하지 않는다. 공격한다. 서로를 찌르고, 자신이 더 아프다 고함을 지른다. 한 사람은 약에 취해, 다른 한 사람은 고통에 취해 있는 모습으로. 깡마른 육체가 페이지를 가로지르고 악독한 형태의 해골이 모든 지면을 채우는 가운데 사강은 "나는 피와 강인함이 넘치는 스페인이나 보르지아 집안이 지배하던 때의 플로렌스를 배경으로 삼은 무슨 글을 쓰고 싶다. 아니, 안 되겠다." 가벼운 분열을 숨기지 않는다.

사강이 2004년 폐질환으로, 뷔페가 1999년 자살로 생을 마감하기까지 예술을 담보로 너무나 고통스러운 삶을 살았던 두 작가의 밑바닥들. 검정 종이를 어둠 속에서 들고 서 있으면 다른 사람들에게 잘 보이지 않지만, 무슨 상관이란 말인가. 시커먼 밑바닥에서 흔들리고 스스로 학대하며 그것을 물기라곤 하나 없는 수직의 선으로 찢는 작업 앞에서 그런 관점은 아무런 소용이 없다. 책이 독약 자체이므로.

최고의 협업이자 삽화가 여기에 있다. 나는 타인과 함께 일하는 것을 두려워한다. 프랑수아즈 사강과 베르나르 뷔페, 그들에게는 공포 따위는 존재하지 않았다. 작품 자체로 두려움을 표현하고 있으므로. 두 사람은 서로의 공포와 한계, 근심과 모순, 단점과 상처가 조금 더 잘 보일 수 있도록 도와준다. 포장하지 않고 파헤친다. 이렇게 잔인한, 그런데 그 아픔이 베일 듯 아름다운 협업이 어떻게 존재할 수 있단 말인가. 그들은 무려 50년 전 1964년의 여기에 있다고 말한다.

그곳에서 나는 얼마나 행복했었으며, 얼마나 잘 웃었으며, 그곳은 얼마나 어둡고 아늑했던가. 이 모든 것들이 나를 이 길로 와서 홀로 걸으며 느리고 불규칙한 심장의 고동을 의식하게 만들었다. 나는 마땅한 벌을 받고 있는 셈인데, 나는 인과응보는 믿지를 않았었다. 빠리의 밤, 유쾌하고 매혹적인 내 친구들, 알콜의 동지들이여, 나는 더이상 그대들을 따라 이 술집에서 저 술집으로, 이 차에서 저 차로 바꿔 타며 빈 배로 돌아다닐 수는 없을 터이다. 쓸데없는 짓이다. 나는 그러면 슬퍼진다.

_『독약』 26쪽

Marlboro

고통이 없는 인위적인 천국, 나는 이제 그대를 잊게 되리라. 나는 그토록 순진해 보이면서도 전혀 순진하지를 못한 작은 앰푸울 병들을, 파란 잉크의 딱지가 붙은 그 작은 앰푸울 병들을 재빠른 솜씨로 꼭지를 따는 휘휘와 헬릭스를 이제는 보지 않게 되리라. 주사약 병이란 아주 현실적인 면에서 앙니발처럼 믿음직하고, X…처럼 미덥지가 못하고, 뭐 그런 것. 앙니발은 나에게 검정 셰틀랜드 양모 스웨터를 가져다 주었다. 이 일기장에서도 어떤 사람에 대한 얘기도 하지를 않기로 마음만 먹지 않았었더라면 나는 앙니발을 흠모하고, 또한 살갗이 햇볕에 그을은 몸에 걸친 검정 셰틀랜드 양모 스웨터에 대해 송가를 읊었으리라.

_『독약』 36쪽

10.

마지막으로 아무것도 하지 않은 적이 언제입니까

『조선 기술』,
대한조선학회 편,
지성사, 2011

이런 방식은 어떨까. 미리 법안을 제정한다. '눈이 끝없이 내리는 날이면, 국가를 멈춘다'고. 버스도 지하철도 다니지 않는다. 외출도 금지. 어떻게든 냉장고의 재료들로 하루를 보내야 한다. 각종 전파도 오가지 못한다. 텔레비전은 물론이고 짧은 문자 메시지도 감상적인 문장 하나 웹페이지에 남기지 못하는 시간들. 우리는 찬장을 뒤적거려 냄비 뒤에 숨어 있던, 유통기한이 얼마 남지 않은 안성탕면을 끓여 먹고 철 지난 독서나 하고자 책장을 살피다, 발견할 것이다. 그 누구도 법적으로 밟지 못한 백색의 온도가 우리를 휘감고 있음을. 따뜻한 차가움. 그 순간 우리는 모두 눈 속에 평등해졌음을. 어떤 때보다 범죄들로 넘치게 될까. 나의 상상은 정반대로 간다. 그 시간들은 너무나 평화로워, 우리는 조용히 잠들거나 생각하거나 전파 없이 미디어 없이 서로를 언어처럼 바라볼 것이다.

여기까지 생각했을 때, 한 가지 질문을 생각했다. "마지막으로 아무것도 하지 않은 적이 언제입니까?" '도대체'를 붙여도 좋다. 도대체 마지막으로 아무것도 하지 않은 적이 언제입니까. 분명 깨어 있는데 그야말로 아무것도 하지 않은 때. 공상조차 하지 않고 어딘가 멍하니 바라보고 있지만 내가 바라보고 있는 것이 무엇인지도 모르는 그런 때.

내가 묻고는 정작 내가 답을 모른다. 쉬는 시간에도 온통 어리석은 일로 자신을 휘감은 지 오래다. 걱정과 기대들이 뒤섞여 걱정하던 일을 기대하고 기대하는 나를 걱정한다. 나에게 온전한 휴식이란 존재하지 않는가. 그렇지도 않다. 무척 쓸데없는 짓을 한다. 관심분야, 주변인, 우리 동네와 무관한 행동을 한다. 그것이 일종의 해법이다.

사실 '이로'라는 이름도 그렇게 정했다. 아무 이유 없이 지도책을 펴고 우리나라를 이루는 수많은 점과 선과 면을 보고 있었다. 그 위의 숱한 지명들. 그러다 우연히 강원도 동해시 이로동이라는 곳을 발견했다. 그 지도책에는 '구'나 '읍' 같은 지칭이 빠져 있어서 이로동은 그저 '이로'라고 표기되어 있었다. 발음이 이렇게 동글동글한 곳이 있구나. 이로라는 이름의 동네에 사는 사람들은 어떤 이들일까. 그때부터 본능적으로 나의 이름으로 삼았다. 무엇엔

조선 기술

가 겁이 나 아직 한 번도 가본 적 없기 때문인지 강원도 동해시 이로동은 환상의 동네로 남았다.

얼마 전 같은 이유로 휴식 삼아 집어든 책은 『조선 기술』이었다. 털끝만큼도 가늠 못할 분야의 책을 본다. 여행의 조건과도 같다. 미지의 탐험은 여행기가 아닌 미지의 분야로 한다. '배 만들기의 모든 것'이라는 표제에 끌렸음을 고백한다. 배를 탈 일도 드문데 배를 만들다니! 아니나 다를까 책에는 내가 접근도 들어본 적도 없는 내용으로 가득했다.

> 대서양과 태평양을 잇는 운송은 파나마 운하의 통과 여부에 따라 결정된다. 일반 화물선이 파나마 운하를 통과하여 운항하면 남아메리카 남단의 케이프 혼을 경유하여 운항할 때보다 20일 정도 운항을 단축시킬 수 있다. 따라서, 파나마 운하를 통과하는 선박은 그 운하가 수용할 수 있는 최대 크기인 파나막스(Panamax)급, 즉 7만 톤 정도로 제한을 받는다.
>
> _『조선 기술』 39-40쪽

열심히 읽지만 이해하지 않는 것이 중요하다. 그것이 휴식 같은 독서의 비결이다. 파나마 운하를 운항하면 케이프 혼을 경유하여 운항할 때보다 20일 단축하는데, 정작 나는 케이프 혼을 경유하면 며칠이 걸리는지 모른다. 파나마 운하를 통과하는 선박은 7만 톤 정도로 제한을 받는데. 정작 나는 누가 제한하는지, 또 7만 톤이 얼마만큼의 단위인지 모른다. 그때 그 부분을 따져 묻지 않는다. 모르는 것을 모르는 채 버려둔다. 계속 읽는다. 마치 모든 문장을 이해했다는 표정으로. "오, 파나막스급이군?"이라고 익숙하게 중얼거리면서.

> 수에즈 운하도 같은 경우이다. 지중해와 인도양을 홍해지역에서 연결하는 수에즈 운하를 통과하는 경우 아프리카 남단의 희망봉(Cape of Good Hope)을 지나는 때보다 약 15일 정도 운항시간을 단축시킬 수 있으나 크기는 수에즈막스(Suezmax)급, 즉 15만 톤급으로 제한을 받게 된다.
>
> 그러나 수에즈 운하가 폐쇄되거나 혹은 좀 더 많

은 화물을 수송할 필요가 있을 때 선박의 크기를 키울 수 있다. 25만 톤에서 50만 톤까지의 VLCC(Very Large Crude Carrier) 혹은 ULCC(Ultra Large Crude Carrier) 같은 초대형 유조선이 계획될 수 있는 것이다. 항로나 하역항구의 조건에 따라 11만 톤급의 아프라막스(Aframax)급 유조선이나 아프리카 서안 캄사르 항에 접안할 수 있는 최대 크기인 8만 톤급의 캄사르막스(Kamsarmax) 벌크선도 탄생하게 되었다.

_『조선 기술』 40쪽

선박을 인도하기 전에 배에 이름을 붙이는 명명식(naming ceremony)을 거행하는데, 이때 선박의 이름은 여성이 명명한다. 여성이 선박을 명명하는 이유는 선박이 여성으로 간주되기 때문이다. 또한, 명명식에서 선박과 명명식장 간에 연결된 밧줄을 도끼로 절단한다. 이는 아기가 태어날 때 탯줄을 끊는 것과 같은 의미로서 선박의 탄생을 뜻한다.

_『조선 기술』 424쪽

물론 VLCC 그리고 ULCC보다 큰 유조선은 혹시 SLCC(Super Large Crude Carrier)가 아닌지 궁금하지만 참는다. 그리고 멋대로 떠든다. "맞아, 1997년 12월 혹독했던 그 겨울에 수에즈 운하가 폐쇄되는 덕분에 우리 선박을 조금 더 키웠지. 그때 그 역사적인 선적이 다시 생각나는군. 내가 처음부터 이런 지식에 능통했더라면 오히려 많은 걸 놓쳤을 거야. 예를 들면 2001년 희망봉을 지나며 보았던 그 풍경들 말이지. 그리고 얼마 전 여성 남성 가리지 않고 자유롭게 선박 이름을 지어야 한다고 주장하던 당돌한 신입이 생각나."

선주 혹은 선장이 된냥 마구 내뱉는다. 뭐 어떤가. 문장의 국가에 입국하여 언어의 바다를 바라보며 부호로 만들어진 해먹에 누워 있는 중인데. 중얼거리는 나를 누군가 의심스럽게 바라보면 지금 휴가중이라고 엄중하게 꾸짖어주자.

11.

왜곡과
과장

『파브르 식물기』,
J.H. 파브르, 정석형 역,
두레, 1992

일 년에 두 번 정도 '스탠딩 코미디언이 되고 싶다'는 생각을 한다. 반 연간 행사처럼 떠오르는 생각이다. 물론 그 일이 결코 쉬워보여서는 아니다. 오히려 반대이다. 만담처럼 말을 받아줄 동료도, 화려한 무대장치도 없는 스탠딩 코미디언들, 그들은 오직 마이크와 언어로 타인에게서 폭소를 이끌어낸다. 일방적인 수다로 누군가를 웃길 수 있다니, 그것은 무척이나 어려운 일임이 분명하다. 쉬지 않고 웃음을 유발하지만 말에 커다란 중심이 있어 정치, 철학, 세계, 일상의 모든 부분에 맞닿는 코미디. 나에게 최고의 스탠딩 코미디언은 딜란 모란(Dylan Moran)과 루이스 C.K.(Louis C.K.)다. 그들은 주로 이런 식이다. 먼저 딜란 모란은 이렇게 말한다.

> 우리는 추억하기 위해 사진을 찍는데, 어떤 때는 너무 열심히 찍기만 해서 아예 그곳에 존재하지 않게 되어버리죠. 결국 당신이 있지도 못했던 곳을 보며 좋은 시간이었다고 추억하게 됩니다. _'Monster'쇼에서

또 이런 식.

사람들은 『나 자신을 발견하는 법』 같은 책을 읽기 시작했어요. 이런 말도 있죠. "잠재된 가능성을 발견하라." 정말 위험한 생각입니다. 그냥 내버려두세요. 가능성이란 마치 은행잔고 같아서 안 쓸수록 더 좋은 거죠. _'Monster'쇼에서

안녕하세요. 어떻게 지내세요? 어떻게 지내냐고 물었을 때, 사람들은 언제나 거짓말을 하죠. 길거리에서 누군가 만나 이렇게 물어요. "어떻게 지내요?"
그들이 대답할 겁니다. "잘 지내요. 어떻게 지내요?"
그럼 당신이 말하겠죠. "저도 잘 지내요. 또 봐요."
그런 대화를 중요하게 여기지 않으니까요. 만약 진실을 이야기해주면 사람들은 굉장히 당황할 겁니다. 누군가 "어떻게 지내요?" 물었는데, 당신이 "끔찍해요. 치질에 걸렸고요, 피부가 떨어져 나갈 것 같아요. 누군지도 모르는 할머니와 지하방에서 살고 있

고, 정말 희귀한 눈병에 걸렸어요. 중국 명나라 시대 물건들을 수집해왔는데 어제 하늘에서 떨어진 돼지 때문에 모두 부서졌어요. 모든 게 거지같고 전 죽고만 싶다고요"라고 말한다면 그 사람이 뭐라 답하겠습니까. 이러겠죠, "어, 알았어요, 또 봐요."

_'Live at Jongleurs Show'쇼에서

영화 혹은 드라마에 등장하곤 하는, 억울할 정도로 꽤 모자란 이미지와 달리 본연의 스탠딩 코미디에서 그는 차갑고, 건조한 독설을 품는다. 사진이 기록의 대표적인 수단이 된 시대, 그리하여 기록은 끝끝내 남지만 경험은 쉽게 휘발되는 시대와 그를 맹목적으로 따르는 사람들을 마음껏 비웃는다. 또 자기 계발서를 험담한다. "이상적인 몸매를 만들라"는 조언 앞에 그는 나의 이상향이 지금보다 못한 몸매라면 어떻게 되는가 묻는다. 허례와 허식을 조롱하고 때로는 자신마저 공격한다. 하지만 누구나 그의 독설에 껄껄 웃는다. 심지어 대상으로 지목된 사람들마저. 뜨끔하거나 따끔하지만, 말하는 방식과 발상이 극단적으로 유쾌해서 다른 요소나 감정이 비집고 들어갈 자리를 내어주지 않는다. 다음은 루이스 C.K., 그는 이렇게 말한다.

> 네가 이제 막 스무 살이라면 이 세계가 어떻게 굴러가는지 전혀 알 수가 없을 거야. '이런 거지 같은 일을 하기엔 나는 너무 흥미로운 사람'이라고 스스로 생각하지. 스무 살 아이들은 모두 이렇게 생각해. "으, 이 아르바이트 형편없어."
>
> 맞아, 그래서 우리가 형편없는 너에게 형편없는 일을 준 거야. 넌 겨우 스무 살이고, 스무 살 자체가 아무런 능력도 없다는 걸 보장하며 아직 이 세상 누구에게도 쓸모가 없다는 걸 의미하니까. 고작 20년간 교육, 사랑, 음식, 아이팟이나 받으면서 좋네, 나쁘네, 판단만 해왔지. "오, 이건 쓸 만한데?" 혹은 "근데 이건 좀 구리다"고 말하면서.
>
> 너희들은 지금까지 저절로 주어진 것만 고르거나 받아왔어. 무려 20년 동안! 나무에 매달린 오렌지처럼 부모 등골을 빼먹었다고. 나무가 "아, 좀 떨어져

라" 그러면 "떨어지기 싫어, 계속 붙어 있을래"라면서 말이지.

네가 스무 살이라면 장담컨대 넌 누군가를 위해 그 무엇도 해본 적이 없어. "아뇨, 우린 과테말라에 가서 불쌍한 사람들을 도왔는데요"라고 말하겠지만 그건 그들에게 아무런 도움이 되지 않았지. 지금 어른들은 돈 벌기도 급급한데 대학생까지 육아하고 있는 꼴이라고. 그저 삽 들고 사진 찍고는 집에 돌아와 페이스북에 이렇게 써놓겠지. "과테말라에서 정말 값진 경험을 했다. 내가 그들을 진심을 다해 도왔다."_'Louie' 2시즌 12화에서

루이스 C.K.는 주로 자신의 삶을 코미디 소재로 삼는다. 이혼 후에는 어린 두 딸을 키우는 과정을 극단적으로 설명한다.

"저는 제 딸아이를 바라보며 동시에 두 가지 생각을 합니다. 네가 내 삶의 이유라는 생각과 너만 없었다

면… 이라는 생각을요. 믿기지 않겠지만 실제로 그렇게 생각합니다." _'Chewed up' 쇼에서

그의 발언은 늘 위험하다. 우리가 극단적이라 여겼던 이미지들을 한 순간 관객 앞에서 꺼내들어 충돌시킨다. 내 가족 더 나아가 세계와 자연을 걱정하는 선량한 스타와, 술주정에 사고뭉치 악동 스타가 충분히 한 사람일 수 있다고 말한다. 스스로 기꺼이 모순된 존재가 된다.

"말을 배워나가던 아이가 제대로 된 문장을 처음으로 발음하는 순간이 옵니다. 어느 날 레스토랑에서 제 딸이 처음으로 완결된 문장을 말하는 겁니다. '아빠, 나는 닭 안 먹을래'라고요. 눈물이 나도 모자랄 감동의 순간에 이런 생각부터 들더라고요. '뭐? 닭을 안 먹어? 그럼 유아용 의자 박차고 나가 스스로 돈 벌어서 먹고 싶은 것 사먹든가!'" _'Chewed up' 쇼에서

심한 왜곡이고, 물론 과장이다. 당연하게도 그것

J.H. FABRE
파브르 식물기

이 유머의 바탕이 된다. 흔한 현상을 극단까지 밀어붙이거나, 정반대로 극단적인 현상을 생활의 한복판에 놓는 방식들. 그들의 지나친 일반화와 특수화 앞에서 '내 이십대는 그렇지 않았다'고 우겨보았자 또다른 유머를 낳을 뿐이다.

왜곡과 과장이 낳은 또 한 명의 코미디언이 있다. 『곤충기』로 유명한 J. H. 파브르. 그의 『식물기』는 곤충기만큼 유명세를 타지 못했지만, 그에 못지않은 미덕으로 가득하다. 우리는 살아 움직이는 것의 의인화에 익숙하다. 동물이 인간의 언어로 말하고 모험하는 수많은 애니메이션을 떠올려본다. 심지어 장난감이 사람처럼 굴어도 큰 위화감을 느끼지 않는다. 그런데 식물은 어떤가. 물론 동일한 생을 살아가겠지만, 식물은 언제나 느리거나 온화한 존재를 대표해왔다. 파브르는 그런 관념을 극단까지 끌어내린다. 『식물기』는 단순한 기술서라기보다 사실을 기반으로 한 우화에 가깝다.

그런데 잼은 무엇을 가르쳐주고 있는가? 신이 곰팡이를 만들었을 때 이 최하등의 단세포식물은 잼을 못쓰게 만들어서 어머니로부터 욕을 얻어 먹을 것을 각오하면서 위대한 사명을 완수했다. 죽음의 성분을 삶으로 환류시키는 정화의 사명이다. 그래서 그게 어쨌다는 거냐고 어리석은 질문은 하지 말라. 창조의 섭리를 규명할 만큼 우리들의 눈이 트여 있을까? 인간에게는 보잘 것 없는 동물과 식물일지라도 신의 눈으로 볼 때 소중한 것이라면 누가 그것을 감히 소멸시킬 수 있을 것인가? "자기방어는 하시오. 하지만 원망하진 마시오." 이것이 잼이 우리들에게 하고 있는 말이다.

_『파브르 식물기』 123쪽

그는 잼에 핀 곰팡이를 보면서 삶과 죽음, 그리고 창조의 섭리까지 떠올린다. 썩은 잼은 상한 것이 아니라 타인에 의해 소멸되지 않으려는 자기방어의 수단으로 표현된다. 대체 어떤 잼이 스스로 썩어가면서 둔중한 말투로 "하지만 원망하진 마시오"라고 한단 말인가. 셰익스피어가 제조한 잼이라면 꽤 비극적일지 모르겠으나 그마저 농담의 하나일 뿐이다. 그럼에도 일면 그럴싸해 보인다. 3D 안경을 쓰고 입체로 움직이는 장난감들의 로맨스와 우정에 눈물 글썽이던 경험처럼, 썩은 잼이 진정 삶과 죽음의 끝없는 고리를 가르쳐주는 듯 느껴진다. 그는 허풍 하나로 몇 끼는 얻어먹을 수 있는 동네 호탕한 아저씨처럼 시치미 뚝 떼고 이야기한다. 정지된 것처럼 느껴지는 식물 속에 얼마나 많은 감정과 역사, 암투와 정치가 담겨져 있는지 꾸며낸다.

> 들장미 쪽은 양자로 들어온 눈이 손바닥만한 호화로운 장미 꽃을 피웠을 때 뭐라고 했을까? 아마도 이랬을 것이다. "시대도 그렇고 풍습도 그렇고 이 발전하는 세상에서 대체 우리는 어디까지 가는가? 우리 조상들이 숲 속에서 살 때는 잎 다섯 장이면 만족했었다. 나도 그만하면 된다고 생각했다. 지금은 백 장, 천 장의 꽃잎이 없으면 행세하지 못한다. 이런 사치가 들장미의 딸들에게는 어울릴까."
>
> _『파브르 식물기』 275쪽

꽃잎 첨단의 시대. 비디오가 라디오 스타를 죽이던 때를 지나 인터넷이 비디오 스타를 죽이고 이제 다가올 다음 매체가 인터넷 스타를 죽이길 기다리는 지금 시대와 무엇이 다른가. 파브르는 장미 접붙이기 하나를 소재로 "대체 우리는 어디까지 가는가"라는 질문까지 나아간다. 기술의 발전과 흐름에 따라 우리는 어디까지 가고 있을까. 인간이 만들어낸 기술을 따라가는 인간이라는 돌고 돌아 말도 꼬이는 모순된 현상을 어디까지 이해할 수 있을까. 만족하지 못하고 더, 더욱 더 요구하는 층은 소비자인가 개발자인가 거대 기업인가.

분명 나는 조금 전까지 식물기를 읽고 있었는데, 이 생각들이 모두 그의 왜곡과 과장된 우화에서 튀어나왔다. 구근에 물과 햇빛을 어떻게 공급해주었더니 어떻게 크더라는 이야기나 읽을 줄 알았던 기대는 무너지고 조용한 존재들에게서 나온 철학을 읽는다. 그가 지금 시대 스탠딩 코미디언처럼 홀로 무대를 이리저리 누비며 식물에 빗대 우리를 한껏 조롱하는 장면을 상상한다. 순간 불쾌하겠지만 웃음으로 뒤틀린 씨앗을 하나씩 생각 속에 심을 것이다.

12.

환생의
끝

작가정신 소설향 시리즈

많은 사람들이 막연히 전생 혹은 환생에 대해 말한다. 마치 다음 생이 명명하게 존재할 것이라는 듯. 허나 제멋대로 다음 생을 꿈꿨다면, 이번에는 제멋대로 다음 생을 부정해봐야 한다. 만약 지금 생이 당신의 마지막 환생이라면 어떻게 될까. 수억 년간 반복되어온 '나'라는 개인사가 여기에서 끝이라면, 이제 더이상 그 무엇으로도 미생물로도 다시 태어나지 않게 된다면, 당신은 선조처럼 오래된 당신들에게 이 삶으로 마지막이노라, 어떻게 선포할 것인가. 켜켜이 쌓인 억겁의 그대들에게 정녕 이것이 이 생의 완결이라 자신 있게 말할 수 있는가.

> 1997년 여름 나는 파리를 여행하고 있었다. 그러나 유럽의 요란한 햇빛도 건축도 내게는 오로지 권태와 추상과 피로일 뿐이었다.
> '장미 창'을 보고 나서 나는 어떤 이를 만나러 이탈리아의 로마로 가는 길에 베네치아에 잠시 들렀다. 그리고 산타 루치아 역에서 로마와의 짧은 통화. 아득한 피로 속에서 수화기에서 울려나오는 목소리의

기묘한 울림에 몸을 맡기고 서 있는 순간에 그리고 나는 문득 파리의 '장미 창'을 떠올리고 있었다.

이틀 후 나는 로마로 가는 것을 포기하고 베네치아에서 다시 파리로 돌아왔다. 그냥 그대로가 어쩌면 예정된 행로였을 것이다. 어떤 풍경도 사람도 그때 내게는 실체가 아니었다. 다만 나는 생의 한가운데를 비틀비틀 지나며 우연히 어둑한 사원에 발을 들여놓았던 것이고 마침 밖에서 햇빛이 각도를 틀면서 지나가는 것을 거대한 장미꽃 속에 숨어 잠시 지켜보고 있었을 뿐이었다. 그리고 거기에는 불행히도 다른 이의 실체가 존재할 자리가 없었다. 실은 우리 삶의 자리가 고작 그러하듯이.

한데 그때 로마로 가지 않은 것이, 지금에 와서도, 과연 옳은 일이었을까? 아니면 또 무얼 크게 잊거나 잃은 일은 아니었을까? 이 소설은 그 질문에 해당하는 이야기다.

_『장미 창』 작가의 말에서

책도 환생한다. 재판, 개정판, 완역판, 양장본, 소장판, 기념본, 한정본, 다양한 이름으로. '옷을 갈아입었다'는 표현으로는 부족하다. 다시 태어난다. 인쇄소에서 백색의 종이 위에 잉크가 뿌려지는 광경을 보면서 그렇게 생각한다. 새로운 시기에 대한 기대와 해석을 지니고 책의 숲 속으로 다시 뛰어든다. 작가정신 출판사의 '소설향 시리즈'도 세 번에 걸쳐 태어났다. 처음에는 투박한 모조 계열의 종이로, 두번째는 크고 얇은 서체에 표지는 유광 코팅을 했고, 세번째는 양장 개정본이었다.

나는 그 '소설향'의 첫번째 삶을 절절히 기억한다. 간절하게 소장하고 있다. 개정판과 양장본에게는 미안하지만 1998년 겨울 시작된 시리즈 초판이 이 책의 전부처럼 느껴진다. 물론 전체 서적 시장이 환영하는 대로 번쩍거리고 강렬해지고 단단해졌지만, 그런 환생은 나에게 무의미하다. 무조건 초판이라면 사족을 못 쓰는 괴짜이기 때문이 아니라 이 시리즈 초판이 지닌 물리적인 촉감 때문이다.

이미 전성기를 떠나보낸 매체, 다시 영광의 시절은 찾아오질 않을 고리타분한 '책'을 영화나 음악보다 첫

손에 꼽는 이유는 우리가 그것을 '혼자 붙잡고 있을 수 있는' 까닭이다. 우리가 영화를 볼 때, 극장 스크린이나 텔레비전을 만지면서 보지 않는다. 음악을 들을 때 씨디 자체를 만질 수 없다. 심지어 MP3는 눈에 보이지도 않는다. 전시장에서 그림이나 사진을 감상할 때도 마찬가지다. 예술은 거기에 있고, 우리는 여기에 있다. 원래 그래야 하는 것처럼.

성인이 된 후 단 한 번도 극장에서 영화를 본 적이 없는 사람을 알고 있다. 이유를 묻자 그는 "나에게는 극장이 빛의 감옥 같아요. 다들 어떻게 그럴 수 있는지 잘 모르겠어요. 하나의 방향으로 하나의 작품을 동시에 다 같이. 거기에 또 극장의 감동이 있겠지만 나는 무척 답답해서 숨이 막혀요. 영화를 사랑하지만 아직도 극장은 힘겨워요. 혼자 보는 게 좋아요"라고 답했다.

낭독과 별개로, 독서는 철저하게 외로운 행동이다. 나는 책을 누군가와 나눠 읽지 않는다. 두세 명이 한 권의 책을 붙잡고 함께 읽지 않는다. 카페의 음악처럼 문장이 흘러나오지도 않는다. 만약 독서가 인류에게 해로운 점이 있다면 바로 그 때문이다. 외로움을 정당화한다. 더 오래 홀로 있게 한다. 나는 그 해로움을 사랑한다. 읽는 속도도 내가 정해야 한다. (음악을 들을 때, 맷돌처럼 생긴 발전기가 있어서 그것을 돌리는 속도에 따라 각기 다르게 재생된다면, 무척 고역이지 않을까.)

책장도 내가 넘겨야 한다. 책상 위에 놓고 읽을 것이 아니라면 양손을 다 써야 한다. 당연히 한 손만 써서 책을 볼 수도 있지만 당신이 한 쪽 손을 주머니에 찌른 채 다른 손으로 책 중앙을 붙잡고 서 있다면 '어흠, 바로 이 내가 책을 읽고 있소'처럼 보일 확률이 높다. 그러니까 나는 책을 읽으면서, 바로 그 매체를 붙잡고 있다. 시작하거나 중단하거나 조율한다. 그때마다 행동과 촉감이 따라붙는다. 나는 책을 보면서 동시에 책을 만진다. 그때, 책을 읽어서 받는 감동과 무관하게 책을 만져서 받는 감동이 생긴다.

작가정신 소설향의 초판은 질감의 감동이 있다. 시리즈 네번째인 윤대녕의 『장미 창』은 탁한 초록빛 단색 바탕에 눈동자가 세 번 반복되어 그려져 있다. 중편 소설 한 편을 묶은 덕분에 소설책치고 무척 얇은 두께를 지니고 있고, 한 권을 통틀어 선이나 면은 거의 사용되지도 않았다. 책 어디에도 '소설향'이 어떤 의미의 명명인지 어떤 의도에서 이런 시리즈를 기획했는지 설명하지 않았다. 이 글은 처음부터 책이 될 운명이었다는 듯 작가의 말을 시작하고, 흑백의 초상이 등장하고, 장편보다 짧지만 단편보다 긴 애매한 분량의 소설을 이어간다. 『장미 창』을 발견하자마자 『진홍글씨』(이윤기), 『해파리에 관한 명상』(이순원), 『철수』(배수아) 순으로 사 모으기 시작했다. 표지의 촉감과 읽을수록 닳는 책등에 매료되었다.

철없는 때를 고백하자면 학생 시절 아이들이 유행처럼 (가방이 넉넉한데도 굳이 손에 손에) 들고 다녔던 『체 게바라 평전』과 『상실의 시대』 표지에 맞서기 위해 초록빛 『장미 창』을 계속 들고 다녔다. 촌스러운 행동에 반대하기 위한 행동도 촌스럽기는 마찬가지라는 사실은 꽤나 오랜 후에야 알았다.

서글픈 기적과도 같은 일이 생겨 나의 환생이 지금의 나로 끝임을 알게 된다면 어떨까. 이 치졸한 삶이 어떻게 기승전결의 결이란 말인가요, 따지게 될까. 어쩐지

해외여행을 가도 새로운 경험을 해도 하나도 새롭지 않더라니, 내 앞에 너무 많은 생이 있었군, 머리를 끄덕이며 수긍할까. 고민과 함께 나는 10년 전보다 더 닳고 바랜 작가정신 '소설향 시리즈'를 바라본다. 부러움을 한껏 담아. 이 책들은 첫번째 생에서 이미 완결되어 있었으므로.

진홍글씨

13.

완전한
자립

『벽』,
김영글,
Possible Story

"그 사람 어때?"라는 질문은 곤란하다. 무턱대고 어떻느냐니… 성격이? 외모가? 좀스러운 성격의 정도가? 손 크기가? 옷차림이? 다 함께 왁자지껄 술 마시고 계산대까지 걸어가는 속도가? 어떤 분류에 맞춰 답해야 할지 혼란스럽기만 하다. "그럭저럭 좋은 사람"이라든지 "잘 모르겠다"는 식으로 회피하게 된다.

같은 이유로 "그 책 어때?"라는 질문도 마찬가지다. 이 세계가 재미있는/없는 분류로 이분된 것이 아니어서, 도통 답할 수가 없다. 마치 "나는 네 글자로 물었지만 너는 여섯 문단으로 답하리라, 그것이 책에 대해 이야기하고 싶어 죽겠는 너의 숙명이니까"라는 주문 같다.

하지만 단 한 권, 곧바로 답할 수 있는 책이 있다. 김영글의 『벽』은 완전한 책이다. 완벽한 책은 존재하지 않을지 모르지만 완전한 책은 이렇게 존재한다. 그는 스스로 완전한 책으로 홀로 서 있다. 정확하게 100부만 발간된 『벽』은 심지어 문장 한 줄이 책의 전부다.

그 벽은, 희고 튼튼했으며, 한동안 텅 비어 있었다.

_『벽』 앞표지 글

과장하자면, 전 우주에서 100명만 이 책을 소유할 수 있다니 이토록 이기적인 기쁨이 또 있을까. 그래서 나는 이 책에 대해 자세하게 이야기하고픈 충동을 느낀다. 그도 그럴 것이 100만 부가 판매된 서적에 대해 꼼꼼하게 논해줄 사람은 내가 아니어도 많다. 100부를 나눠가진 100명의 독자는 확률이라는 이름의 착각에 빠진다. 서로 자신이 최고의 독자라고 오해한다. 내가 아니면 이 책에 대해 말해줄 사람이 얼마나 되겠어, 라는 심정으로 너도 나도 표현하면서 100만 부 베스트셀러보다 더 사적이고 감정적이며 진심과 거짓을 더한 장황한 후기를 남긴다. 나 역시 비슷한 착각에 기꺼이 빠진다. 남은 99명의 독자에게 질 수 없지. 유치한 경쟁심을 끝까지 밀어붙인다.

『벽』은 그 자체로 벽처럼 보인다. 간악한 수사가 아니라, 실제로 얇고 하얀 콘크리트 벽처럼 보인다. 한 줄의 문장은 표지에서 시작한다. "그 벽은, 희고 튼튼했으며,

한동안 텅 비어 있었다."

이 문장은 전체 내용의 시작인 동시에 (그럴 리 없음에도) 북디자인에 대한 지시문처럼 느껴진다. 벽과 마찬가지로 책 역시 희고 튼튼했으며, 텅 비어 있었기 때문이다. 표지의 가로 길이가 내지의 그것보다 몇 미리 짧아서 표지 뒤로 나무 그림이 언뜻 엿보인다.

나는 생각한다. 이것은 벽인 동시에 문인가 혹은 창문인가. 지나친 의미 부여일까. 하지만 지금 나는 경쟁심에 불타오른 독자이기에 스스로 깨닫지 못한다. 사실 모든 평면이 벽이 될 수 있다. 사용하기에 따라 모든 언어가 상처가 될 자격을 가진 것처럼 '면'이라면 책이든 골판지 한 장이든 벽이 되어 무엇이든 가로막는다. 벽은 단절을 주된 비유로 삼지만 안쪽을 보호하는 역할도 한다. 그렇다면 책도 마찬가지 아닌가. 우리는 책을 읽을 때 왼손으로 왼 페이지를, 오른손으로 오른 페이지를 잡곤 한다. 그때 나, 두 팔, 펼쳐진 책이 하나의 구겨진 원을 그리는데, 이야기의 성곽 같다. 누구에게도 침범되지 않을 벽을 세우고 나 자신을 이야기 속으로 내몬다. 어떤 벽/책은 너무나 허술하여 타인의 전화 한 통에 와르르 무너지고, 어떤 벽/책은 너무나 견고하여 끼니 생각도 하지 못한 채 성곽만 맴돌게 한다.

페이지가 더해질수록 문장은 점점 길어지지만 여전히 한 문장이다. 내지도 표지처럼 무척 두꺼운 종이여서 모든 페이지가 개별적인 벽처럼 단단하게 넘어간다. 김영글은 표지의 한 문장을 조금씩 연장한다. 앞표지에서 시작한 문장을 뒤표지에서 완성한다. 그것으로 한 권이 끝나다니. 나는 이런 책을 본 적이 없다.

> 그 벽은, 희고 튼튼한 벽을 세우기 위해 뒷산에서 베어낸 나무 꼭대기에 둥지를 틀고 있던 새가 불안감에 마을을 전속력으로 날다가 이마로 들이받아버린 유리창이 달린 집에 물건을 팔러 왔다가 허탕을 친 장사꾼과 계약을 맺은 도공이 열흘 낮 열흘 밤 동안 공들여 만든 항아리를 깨트려버린 돌멩이를 연구하는 황금술사를 경멸하는 벼룩들을 이 사람 저 사람에게 옮기기에 적당한 책의 의심스러운 페이지를 조

심스레 가두어놓은 괄호 위로 후두둑 떨어져 형체 없는 얼룩이 된 장마비를 피해 숨어 있다 자신의 어미가 태어난 곳을 찾아 날아간 새가 물고 있던 씨앗이 흙과 물과 불 속에서 단련되어 만든 아름드리 한 그루 나무를 잘라 세운 것인데, 희고 튼튼했으며, 한동안 텅 비어 있었다.

_『벽』 뒤표지 글

기승전결도 없다. 결말은 이미 도입에 예고된 그대로다. 그는 겹쳐질 수 없는 인물과 묘사를 차분하게 겹쳐 벽을 하얗게 지워나간다. 제도화된 문학으로 잔뜩 조여진 우리의 머리를 느슨하게 풀어준다.

이야기를 삭제하려는 이야기. 시도를 그만두려는 시도. 모순된 문장은 모순된 우리를 내려친다.

『벽』을 읽으면서 의미로의 강박에서 벗어난다. 작가의 말에 쓰여진 말처럼, 비어 있는 것은 채워질 수 있다. 그동안 가득 채워진 의미의 성곽에 갇혀 명언과 격언들에 놀아났던 것은 아닐까. 좋은 말에 마취되어 좋은 말과 나뿐 나를 동일시하진 않았을까. 스스로 강요했던 교훈과 경험에 대한 위협을 비우고, 이 책/벽을 소유하려는 욕심 하나만 남겨둔다. 농담 삼아 말했던 이기적인 경쟁심을 포기할 마음은 없으니까.

14.

드라마의
뒷면

『오즈의 마법사(The Wizard of OZ)』,
라이먼 프랭크 바움(L. Frank Baum),
Penguin Books, 2012

전쟁 영화와 로맨틱 코미디 영화를 볼 때마다 울화통이 터진다. 나는 그것을 억울함에서 비롯된 것이라 설명하곤 하는데, 이런 식이다. 전쟁 영화의 하이라이트는 당연하게도 그리고 슬프게도 전쟁을 하는 장면에 있다. 대규모 군대끼리의 격돌. 이를 지휘하는 한 명의 영웅이 있고, 그는 늘 화려한 말주변으로 출전 직전 병사들을 감동시킨다. 최면을 건다. 우리 다함께 영광스러운 죽음을 맞이하자! 촌스러운 최면에 이끌려 전장에 뛰어든 전사들이 높은 확률로 맞이하는 것은 '점의 죽음'이다. 격전지를 한눈에 잡은 장면에서 조연 혹은 조연조차 아닌 컴퓨터 그래픽은 모래와 모래가 섞이듯 충돌한다. 우리를 죽음의 공간으로 내몬 영웅은 절대로 쉽게 죽지 않는다. 조연들은 초를 다퉈 죽어나가고, 드문 경우 주인공이 무언가에 희생하며 장렬히 전사하게 되면 많은 시간을 할애하여 장엄하게 사망한다. 생사를 확인할 수 없이 우수수 떨어져나가는 것은 모두 조연들이다.

로맨틱 코미디 역시 중요한 조연이 존재한다. 한 여사가 있다. 그녀가 어디론가 떠나기 전, 카메라는 노골

적으로 그의 고루한 삶을 반복해서 보여주는데, 직장은 힘겹고 동네는 늘 똑같고 약혼자는 치졸하다. 사랑으로 만난 약혼자가 왜 치졸해졌는지 세세한 과정 따위 보여주지 않는다. 그는 처음부터 쩨쩨하게 등장한다. 마치 쩨쩨한 유전자를 물려받아 쩨쩨하게 태어난 사람처럼. 사소한 일에는 역정을 내고 정작 대의에는 무심하다. 맺고 끊는 일 없이 유순한 삶을 흘러온 주인공은 그와 맺은 약혼마저 실수처럼 느낀다. 이 선택이 나의 모든 인생을 실수로 돌리진 않을까. 그런 그녀를 아는지 모르는지 약혼자는 코를 골거나 화를 내거나 일에 빠져 죽기 직전이다. 정확히 세 가지 간편한 상징으로 개인, 대인, 사회에 결격임을 보여준다.

결혼식을 몇 주 앞두고 급작스러운 타지행에 오른다. 할머니가 돌아가셨을지도 모르고, 회사의 운명이 걸린 출장이 느닷없이 잡혔을지도 모른다(주인공의 운명을 구제하기 위해 급히 희생하는 회사의 운명이라니). 핑계가 무엇이든 영화의 각본가는 어떻게든 그녀를 일상에서 떼어놓는다. 우리가 고루한 일상을 반복하기 위해 돈을 지불하고 영화를 보는 것은 아니니까. 한적한 시골 마을에는 웬 잘생기고 유머러스한, 그러면서도 예민한, 하지만 그 예민함이 기분 나쁜 정도라기보다 감각적인 사고의 일면처럼 보이는 남자가 산다(할리우드 세계에서 이 문장은 비문이 아니다).

아름다운 동네에 사는 완벽한 그 남자는 완벽함에도 불구하고 애인이 없거나 혹은 이혼남이며 맡은 일을 책임감 있게 처리하고 성격이 좋아 온동네 사람들을 돕는데 운동은 어느 시간에 하는지 은근한 근육을 자랑한다. 그의 모든 점이 도시 한복판에 떡하니 서 있어야 어울릴 모델이어야 앞뒤가 맞지만 그는 도시를 경멸한다. 핸드폰을 바라보는 장면도 등장하지 않는다. 핸드폰을 붙잡고 사는 남자는 피곤한 성격일 게 분명하니까. 말하지 않고 있으면 한없이 날카롭지만 웃을 때는 얼굴 모든 근육을 사용해 싱그러운 표정을 짓는다. 날카로운 싱그러움이라니, 딜레마를 포용할 줄 아는 얼굴이구나. 여자는 갈등하기 시작한다.

나에게는 약혼자가 있는데! 하지만 옷에 대해서는 잘 모른다면서 패션 화보에서나 볼 법한 가격 미정의 옷 한 벌을 무의식적으로 완성한 남자를 보고 있자면 약혼자의 이름 앞에 자꾸 괄호가 붙는다. 나에게는 (양말과 신발의 색을 단 한 번도 맞춰 신어본 적 없는) 약혼자가 있는데! 끝도 없이 예민하게 굴던 그 남자는 위급한 상황에서 근육을 퉁기며 여자를 보호한다. 약혼자였다면 넋 놓고 있다가 어쭙잖은 농담이나 건넸을 거야. 지금 뼈마디가 아픈데 농담으로 치료가 되겠어?

괄호는 점점 길어진다. 나에게는 (기념일에 주차 문제로 어떤 아줌마와 싸우다가 비싼 돈 주고 예매한 뮤지컬을 통째로 날린 쩨쩨한) 약혼자가 있는데! 그 와중에 약혼자는 속도 모르고 그녀에게 전화를 걸어 타지에 있는 사람에게 "혹시 나 없을 때 내 베개 솜 바꿨어?" 같은, 말의 자격도 없는 시간의 자격도 없는 말이나 한다. 마지막 장면에서 여자는 온갖 정과 의리를 핑계로 공항까지 갔다가, 온갖 순간을 핑계로 모던락을 배경음악 삼아 뒤돌아 뛰어갈 것이다. (스노우 패트롤의 'Chasing Cars'나 어거스타나의 'Boston'이 적당하다. 모던락은 탈출을 부추기기 좋으니.)

나는 결코 영웅과 여자를 비하하지 않는다. 그들은 주인공으로서 그들의 역할을 한다. 삶의 터전에서 큰 규모의 주인공이 할 수 있는 일을 한다. 그들의 환상이 채워짐으로써 우리의 환상이 채워진다. 다만 억울한 이유는 하나뿐이다.

바로 내가 영화 속에서 죽거나 버려지기 때문이다. 일개 사병이 무더기로 죽어가거나 약골 약혼자가 영문도 모른 채 버려질 때, 나는 바로 깨닫는다. 나는 영웅이나 새로운 환상을 완성할 인물이 될 수 없다. 죽음을 눈앞에 두고 "자유를(Freedom!)"이라 외칠 기회도 없다. 그나마 내가 영화라는 판타지에 개입할 수 있다면 CG처럼 죽어간 병사에 가장 가까울 것이다. 120분 동안 단점만 잔뜩 나열한 채 엔딩에는 나오지도 못하는 약혼자가 될 것이다. 어쩌면 그마저 사치에 가까울지도 모른다. 전쟁에 나가지 못하거나, 버림받는 조연조차 되지 못한다. 혹은 파병을 극구 거부하다 그제야 본보기로 공개 처형될지도 모르지.

나는 그리고 우리는 그렇게 드라마가 없는 삶을 산다. 드라마의 뒷면, 아름다움의 그림자 속에 살면서 멋지고 예쁜 얼굴들이 싸우고 사랑하는 이야기에 몰입한다. 그때 작은 존재인 나는 이름 없이 얼굴 없이 서사 없이 스

러져가는 그들이 안쓰럽다. 한없이 억울하다. 그리고 끝내 어렵사리 살아남은 병사는 집으로 돌아가 한 명의 절대적인 영웅을 꿈꾸며 다시 전쟁영화를 보겠지. 슬픈 반복이다.

펭귄북스에서 '펭귄 스레드(Penguin Threads, 스레드는 실타래 또는 맥락이라는 의미)'라는 이름의 시리즈로 발간한 『오즈의 마법사(The Wizard of OZ)』의 표지를 본다. 자수를 가짜로 표현한 표지와 뜯듯 재단한 마감이 예뻐서 발견하자마자 샀다. 그리고 표지의 뒷면을 한참 바라보았다. 뒤표지가 아닌, 표지의 바로 뒷면. 그곳에 자수의 뒷면을 그대로 재현해두었다. 표지의 그 예쁜 그림을 완성하기 위해 색색의 실이 뒤엉켜 있다. 불규칙하고 무의미하게 실이 실을 가로지르지만 그것이 결국 앞면을 완성한다.

영웅의 뒷면. 멋진 사랑의 뒷면. 환상의 뒷면. 아름다움의 뒷면. 자수의 뒷면. 예쁜 표지의 뒷면. 나는 모든 것의 뒷면에 산다. 뒤엉킨 뒷면의 이야기를 있는 그대로 들려주고 싶다. 실수가 반복되는 생활과 드라마답지 않아서 삶나운 삶에 대해 밤을 새워 이야기하고 싶다.

15.

가장
슬픈 노래의
세계

'가난한 사람들',
김일두,
자립음악생산자조합, 2011

『카메라 루시다』,
롤랑 바르트, 조광희 역,
열화당, 1986

『쿠이 쿠이(Cui Cui)』,
린코 가와우치(Rinko Kawauchi),
Foil, 2005

즐겨 쓰면서도 '가장'이라는 표현만큼 위험한 말이 또 있을까. 가치를 줄 세우는 일들. 누군가 "당신 삶에서 가장 반짝였던 순간은?"이라는 질문 앞에 생각도 하지 않고 "아, 그건 말이죠. 제가 스무살 때…" 술술 답할 수 있나. 그러니까 우리 머릿속이 수식처럼 혹은 기계처럼 딱딱 명확하게 나눠져 2008년 폴더를 누르자 하부 폴더들이 자동으로 등장한다면. 그럴수록 우리는 '최고의 에피소드'형 인간이 되어간다. 나는 그 '가장'을 경계하기 위해 이렇게 썼다.

> 대학의 자그마한 도서관 사서를 인터뷰해서 뭘 어떻게 하겠다는 것일까. 그는 자신이 소속된 회사의 잡지가 13년의 역사에 더하여 매월 5,000부 정도 발행된다고 강조했지만, 정작 그는 그 숫자 외에 아무것도 모르는 것처럼 보였다. 질문도 너무나 예상 가능한 것이어서, '가장' 혹은 '계기'라는 단어를 조합하여 만든 문장들이었다. "도서관을 관리하면서 제일 뿌듯한 순간은?"이라든지, "책들을 사랑하게 된 계

기가 무엇인지" 등등. "딱히 책을 사랑하는 건 아닌데요"라고 대답하자 그는 흠흠-거리며 듣지 않은 척을 했다. 듣지 않는 인터뷰어라니! 그는 마지막 질문이라며 근엄한 표정으로 물었다.

"6년간 도서관 사서를 하면서 가장 인상 깊었던 책 혹은 사람이 있었다면요?"

맙소사. 끝까지 주제는 베스트&워스트로군. 지금 이 아저씨 앞에서 최고와 최악 사이에 수많은 이야기가 숨어 있다고 강변한들 무슨 소용이란 말인가. 나는 천장의 지나치게 밝은 형광등을 바라보며 대답하기 시작했다.

"도서관에 있으면서 강하게 느꼈던 점은 책을 빌려가고, 읽고, 반납하는 행동도 사람을 만나는 일과 별반 다르지 않다는 것이었어요. 아주 반짝 인기 있는 책들이 있고, 꾸준히 덤덤히 잘 읽혀지는 책들도 있고, 기쁜 마음으로 대출해서 전혀 읽지 않는 책들도 있고, 영원히 반납되지 않는 책들도 있죠. 불가능한 속도로 책을 읽고 그 목록을 자랑하는 사람도, 가장 예쁜 하드커버를 고르는 사람도, 한두 권의 책만 빌리고 반납하는 일을 반복하는 사람도 있죠. 다들 다양하고 사랑스럽다는 생각을 합니다."

나의 비유가 영 지루했는지, 그는 두어 번 딴청을 했다.

"어떤 도서관 사서를 친구로 둔 남자가 있었어요. 그 남자는 다른 학과의 한 여자를 좋아했는데, 자신이 선배인지 후배인지도 모른 채 좋아하기 시작했더군요. 아무런 정보도 없이 어떤 사람을 좋아하다뇨. 사람도 결국 데이터의 문제라는 지론을 가진 저로서는 참 이해하지 못할 장면이지만, 유독 로맨틱한 영화에서 느리게 클로즈업되며 반하는 그런 광경을 태생적으로 실현하는 유형인 모양이더라고요. 그는 여자의 취향을 파악하기 위해 사서 친구를 이용하기 시작했습니다. 대출정보를 빼내어 그녀가 빌려간 책을 미리 예약해두고, 그녀가 읽는 책을 매번 따라 읽는 거예요. 취향을 파악하고 싶으면 서점에서 같은 책을 구입하여 보면 되지 않겠느냐 물었지만, '정말 같은 책을 읽고 싶은 거야'라는 대답만 들었습니다. 삶 자체가 지나치게 문학적인 사람들이 왜 고달프게 사는지 알겠더군요. 심지어 중간고사를 위해 대출한 전공서적까지 같이 보더란 말이죠. 그 열의로 가늠해보았을 때, 그가 듣지도 않는 그 수업의 시험장에 들어갔다면 어떤 전공자보다 높은 점수를 받았을 걸요. 문제는…"

"문제는?"

TV 예능 프로그램의 잔혹한 편집 기술처럼 콩트를 이제 잠시 끊고, 앞선 문장들을 부정하려 한다. 만약 나에게 단 한 번 '가장'이라는 단어를 쓸 기회가 주어진다면, 혹시라도 누군가 "당신에게 가장 슬픈 노래는 무엇이냐"고 묻는다면 아주 짧은 망설임 없이 답하겠다. 김일두라는 음악가의 노래 '가난한 사람들'을 들어보라고.

근거도 있다. 나는 이 노래를 정확히 두 번 들었다. 처음 그 음반을 재생했을 때, 연거푸 두 번을 듣고 다시는 듣지 못했다. 앨범을 잃어버렸을까. 그럴리가. 앨범으로도 음악 파일로도 여전히 가지고 있다. 그런데도 재생 버튼을 누르지 못한다. 나와 아무런 관계없는 개인사로 가득한 '가난한 사람들'을 세번째로 듣는 일은 앞으로도 없을 것이다. 그럼에도 나는 이 노래를 두 번 듣고도 거의 외워 적는다. 기억력이 좋기 때문이 아니다. (오히려 나의 기억력은 수많은 증인에 의해 평균 이하라고 인정받았으니) 이유는 하나뿐이다. 이 노래가 세상 가장 슬픈 노래이기 때문이다.

> 진우 녀석은 김신애랑 찬율이랑 며칠 전에 왔다 갔다오
> 상민이 놈은 맨체스터에 뿌려졌단 얘길 들었소
> 케이시 맥키버, 지네 고향에서 대단한 글쟁이 되어
> 가발 사업이 어쩌구 저쩌구 가발 신제품 가끔 보내요
> 스티브 놈은 해운대에다 근사한 카지노 하구요
> 민호 녀석은 커밍아웃해 훈무랑 결혼해 잘 삽니다
> 막내 창완이 얼마 전에 딸 낳아 징징 짜며 전화 왔

구요
같이 징징 짜는 내게, 범어사 최대 미녀
가지를 맛있게 볶아줬어요

우리 무조건 행복하자구요

_김일두의 '가난한 사람들'에서

도대체 무슨 소리인가. 찬율이는 누구이고, 상민이라는 사람은 왜 맨체스터에 뿌려졌으며, 케이시 맥키버는 대단한 글쟁이가 되었다면서 왜 가발 사업을 하고 있는가. 한 사람의 이야기도 제대로 파악할 수 없다. 그들은 그저 왔다 가거나 죽어 뿌려지거나 카지노를 하거나 커밍아웃하거나 징징 짜며 전화하거나 가지를 볶아주는데, 나는 아무런 사연도 모르면서 "우리 무조건 행복하자구요"라는 구절을 참아 넘기지 못한다. 차라리 울기는 쉽지. 이 노래는 진짜 고통을 찌른다. 감각으로 울지 못하고 삶으로 울 때 눈물은 흐를 필요도 없는 모양이다.

우리는. 절대로. 무조건 행복할 수는 없다. 그 사

실은 노래하는 김일두가 먼저 알고 있다. 그렇게 느껴진다. 그는 무조건 행복하자고 선언하면서 행복의 죽음을 가리킨다. "우리 무조건 행복하자구요"는 너무 힘겨워 발음하는 즉시 신파가 되어 눈물만 주룩주룩 흐르는 고통이다. 그 지점을 영리하게 조율해야 좋은 예술 작품이 탄생한다고 착각하는 우리 앞에서 그는 그저 내지른다. 그 사람 혹은 당신이라는 단어로 일반화하지 않는다. 보편적인 슬픔을 비난한다. "당신이라니, 그라니, 그대라니, 다 무슨 개소리야, 이건 그냥 막내 창완이 얘기라고" 소리지른다.

'죽음'은 사진의 본질(eïdos)이다. 또한 이상한 일이지만, 누가 나의 사진을 찍을 때 내가 유일하게 받아들이고 좋아하는 것, 나에게 친숙한 것은 카메라의 셔터소리이다. 나에게 있어서 사진가의 대표적인 기관은 눈이 아니라(눈은 나에게 두려움을 준다), 손가락이다. 손가락은 렌즈의 방아쇠, 건판乾板의 금속성의 미끄러짐과 (카메라가 건판을 사용하고 있을 때) 연결되어 있다. 나는 이 기계적인 소리를 거의 관능적으로 사랑한다. 이 소리는 마치 사진 중에서, 나의 욕망이 매달려 있는 바로 그것—그리고 유일한 것—처럼 보인다. 그 짧은 순간의 찰칵거림은 '노출시간'이라는 죽음의 그물을 잘라내는 듯하다. 나에게 있어서 '시간'의 소리는 조금도 슬프지 않다. 나는 종·괘종시계·손목시계를 좋아하며, 원래 사진기재는 고급가구 제조기술과 정밀기계에 속했음을 상기한다. 카메라는 무엇인가를 보게 하는 괘종시계였으며, 나의 내부에 있는 어떤 구식 사람은 아직도 카메라에서 목관악기의 생생한 소리를 듣는다.

_롤랑 바르트, 『카메라 루시다』 22쪽

카메라 루시다

카메라는 언제나 죽어 있다. 죽음을 가두고 있다. 상자를 어떠한 빛도 닿지 않을 암흑으로 밀봉한다. 그러다 아주 잠시, 1초를 125등분 내지는 500등분하여 필름을 빛에 노출시킨다. 그 과정을 "장면을 담는다"는 말로 아름답게 꾸미지 않고 말해본다. 시간을 수직으로 끊어내는 그 짧은 시간이 모여봤자 얼마가 되겠는가. 1/125초가 125번 모여야 1초가 된다. 정말 125번이나 모여야 하나 잠시 의심했지만 어쨌거나 쉬운 수식이다. 매일 빼곡한 일정으로 촬영하는 프로 사진가 카메라의 '노출된 시간의 총량'마저도 '죽어 있는 시간의 총량'보다 짧다. 어떤 경우에도.

우리는 그때 쉽게 판단한다. 사진의 시작과 끝은 바로 그 '빛'에 있다고. 그것은 순박한 착각이다. 사진의 의미는 검은 상자가 잠시 죽음으로부터 벗어나기 때문이 아니라 대부분의 시간을 죽음의 상태로 지내기 때문에 생긴다.

최고와 최악을 경계하다 김일두의 노래를 거쳐 롤랑 바르트의 사진론까지 왔을 때 떠오른 것은 '이중의 죽음'이었다. 죽음을 벗어났을 때 하필 만난 것이 죽음이라면. 카메라의 셔터가 침묵 같은 죽음을 깨고 겨우겨우 빛으로 완성한 장면이 죽음의 광경들이었다면. 그때마저 우리는 '무조건 행복하자구요' 말할까. 전장을 기록하는 종군 사진가를 떠올린다. 그들의 얼굴을 떠올린다. 그 얼굴에는 고통이 주름과 골을 타고 멈춰 있다. 죽음을 본령으로 하는 기계로 다른 사람들의 죽음을 기록해온 자들이 숙명으로 가져야 할 공포. 나는 그것을 '열정적인 체념'이라는 그릇된 말로 표현하고 싶고, 뒤틀린 표현이 그들의 작업을 잘 설명해주리라 믿는다. 열정적인 체념.

그런데 전쟁과 전투가 전장에만 있는 것은 아니다. 차라리 명명백백한 전투라면 적군과 아군이라는 편리한 경계가 있겠지만, 우리가 일상에서 무언가에 맞서 싸울 때 그 무언가는 형체도 존재도 흐릿하다. 정부와 맞서 싸우는 사람이 음식물 쓰레기를 버리는 일의 귀찮음에 맞서 싸우기도 하고, 완전무결한 경계로 흐르는 시간에 맞서 싸우기도 하고, '결국 모두 끝날 것이라면 우리는 왜 일을 하고 있는가'라는 쉬운 포기와 맞서 싸우기도 한다. 적은 너무도 많고, 너무도 확실하지 않다. 그리고 무엇보다 모든 인류, 전 세계의 모든 생물은 죽음과 맞서 싸우고 있다. 당신이 바로 이 문장 첫머리를 읽은 순간부터 '지금'이라는 단어를 보고 있는 지금 이 순간까지, 죽지 않고 살아 남았다. 그것은 마치 셔터가 구분하는 시간의 모음 같다. 지금, 또다른 지금, 앞으로 다가올 지금. 수많은 지금들이 모여 우리는 죽지 않는다.

다시 '이중의 죽음'으로 돌아온다. 죽음의 매체로 기록한 죽음에 대하여. 일본의 사진가 린코 가와우치의 작품집 『쿠이 쿠이(Cui Cui)』는 그의 대표작으로 꼽히는데, 나는 언제나 이 책의 표지가 예쁜 속임수라고 생각해왔다. 다 먹고 남은 수박과 씨를 여린 색채로 담은 사진은 이후에 비슷한 스타일의 유행을 대거 이끌어냈지만 사실 『쿠이 쿠이』는 그 한 장에서 느껴지는 예쁘장한 사진으로 채워져 있지 않다. 자신의 가족을 13년간 촬영한 모음으로, 이 사진들을 있는 힘껏 천천히 보아야 한다.

다같이 먹는 식탁 위 반찬들, 단체사진의 표정들, 할아버지가 쓰는 젓가락, 부엌의 장면들까지 모두. 사진집 후반부에 끝내 돌아가신 할아버지의 이름도 알지 못한다.

엄연히 모르는 사람이다. 모르는 사람의 삶과 죽음의 장면들이 무슨 의미가 있는가. 당연하게도 13년간 한 가족은 늙고, 만나고, 누군가 죽고, 누군가 태어난다. 개성이니 메이저니 마이너니 아무리 첨예하게 가르고 구분해도 누구나 겪게 되는 똑같은 과정들. 그 자연스러운 지점에서 『쿠이 쿠이』가 보여주는 가족의 지극한 역사와 김일두의 '가난한 사람들'이 노래하는 "무조건 행복하자구요"의 세계가 만난다. 순리에 가깝지만 그렇다고 그 흐름이 지닌 슬픔을 꺾을 힘이 없다.

그러다 한 페이지를 보게 된다. 좌우 두 장의 사진이 배치되어 있다. 왼쪽 사진에서는 누군지 모를 손이 오뎅과 유부를 물에 재어놓고 있고, 오른쪽 사진에서는 할아버지의 장례식장을 보여준다. 왼쪽에는 삶이 오른쪽에는 죽음이 있다. 아니다, 바로 생각을 바꾼다. 장례식장에서 죽음을 애도하는 또다른 사람들이 있고, 오뎅과 유부를 주무르는 손과 손톱 끝 거무스름한 때도 자꾸 나의 신경을 건드린다. 쉽게 단정하지 않고 그 페이지를 다시 바라본다. 먹기 위해 무언가 준비하는 일과 그 '먹고 사는 세계'를 떠

난 사람을 애도하는 일. 장례식장에 찾아온 사람들의 흐릿한 뒤통수가 마음에 걸린다. 먼저 떠난 사람을 슬퍼하기 위해 모여든, 후에 떠날 사람들의 이미지. 그리고 최후의 순간이 오기 전까지는 어떻게든 먹고 먹을 것을 준비하는 일은 관성이기도 하고 때때로 강제된 아픔이기도 하다.

이제 끊어진 콩트를 다시 연결한다.

"문제는?"

"문제는 그녀가 이사벨 아옌데의 『영혼의 집』 1권을 빌려갔을 때 생겼습니다. 남자가 일찌감치 예약해두고 반납만을 기다리는데, 한 달 두 달이 지나도 여자가 반납하지 않는 겁니다. 답답한 나머지 남자는 자신의 룰을 어기면서 『영혼의 집』 2권을 대출해 갔죠. 어떤 마음에서 그랬는지 모르겠지만, 여자가 반납한 후에 2권을 찾는 과정에서 극적으로 서로 알게 되기를 바란 것 같습니다. 하지만 그런 사건은 벌어지지 않았죠. 결국 『영혼의 집』 1,2권은 모두 끝끝내 반납되지 않았어요."

"아, 슬픈 이야기로군요."

"꼭 그렇지는 않아요. 실마리는 전혀 예상하지 못한 곳에서 풀린 모양입니다. '가장' 중요한 부분들 아닌 어떤 구석에서부터요. 지금 그 두 권의 책은 같은 집에 있습니다. 저는 두 사람이 결혼식장에서 대학 도서관 라벨이 붙은 『영혼의 집』 1,2권을 반지 대신 교환하는 장면을 지켜보았고요. 결혼선물로 아무도 몰래 대출기록도 삭제해주었죠."

그는 녹음기를 끄고, 의심 가득한 낮은 목소리로 물었다.

"혹시 지어낸 이야기거나 책에서 읽은 이야기와 혼동하시는 건 아닌가요?"

"글쎄요. 그건 생각하기 나름이겠죠. 다만 확실한 것은, 지금쯤 두 사람은 서로 읽지 못했던 같은 이야기의 앞부분과 뒷부분을 읽고 있을 겁니다. 이야기 하나가 비로소 연결되는 거죠."

그는 기획된 기사의 성격과 달라 이 이야기는 빼는 편이 좋겠다고 조심스럽게 말했고, 나는 아무래도 좋다고 웃었다. 수록되든 수록되지 않든 이야기는 거기에 있으니까.

김일두는 슬픈 개인사를 흩뿌리고, 린코 가와우치는 가족의 역사를 마치 종군기자처럼 파고든다. 가장 뻔한 개념들, 행복과 불행, 환희와 고통, 젊음과 늙음, 삶과 죽음은 결국 이야기의 앞부분과 뒷부분 같아서 하나의 온전한 이야기가 연결되려면 함께 존재해야 한다는 사실을 알려준다. 우리 무조건 행복하자고 외치는 불행에 대하여. 가족의 고통을 촬영하는 환희에 대하여.

16.

책 속에서
발견한 남의 돈

『시간 상자』,
데이비드 위즈너,
베틀북, 2007

오래된 책 속에서 오천 원짜리 지폐를 발견했다. 그런데 나는 이 책을 3년 전 헌책방에서 샀고, 돈이 끼워져 있던 페이지까지 읽지 못하고 늘 포기하곤 했다. 그렇다면 이 오천 원은 나의 돈인가? 언젠가 지갑 대신 혹은 비상금의 은신처처럼 사용했던가. 기억나지 않는다. 나는 지폐를 두 손가락으로 비벼 만지며 생각한다. 혹시 이 오천 원에 누군가의 목숨이 걸려 있지는 않았을까. 마치 데이비드 위즈너의 『시간 상자』에서 낡은 사진기 하나에 그 누구도 예상하지 못했던 해저의 장면이 찍혀 있던 것처럼. 역사를 전혀 짐작할 수 없지만 어떤 경로와 이유를 통해 우리 앞에 놓인 물건은 모두 그렇게 괴이한 시간을 기억하고 있지 않을까.

그러니까 예를 들어 1997년 어떤 그룹의 대출비리 사건 뉴스를 접한 산업 스파이가 자신이 속한 세계의 황망함을 깨닫고 이 일을 그만두려고 한다. 그는 회사에 직접 소속되지 않고 한 명의 연결책을 통해 일하곤 했는데, 그 연결책은 무척 사려깊어서 (지독히 진부한 제안인) 단 한 건을 마지막으로 은퇴를 허락한다. 두 사람은 늘 암

데이비드 위즈너
시간 상자

호를 정해 움직였는데, 그가 열화당에서 발간한 『한국의 살림집下』 186페이지에 지폐를 숨겨두고 그것을 기준으로 행동한다. 『한국의 살림집下』를 택한 이유는 순전히 눈에 잘 띄지 않으며, 누가 하권만 남은 책을 거들떠보겠느냐는 발상 때문이었다.

책을 프렌차이즈 큰 카페 책장에 숨겨두면 다음날 연결책이 찾아가는 식이다. 처음 작업할 때는 1호점, 두번째는 2호점, 이번이 벌써 24호점 차례다. 천 원짜리는 시청역 락커에 훔친 데이터 CD가 있음, 오천 원짜리는 정체가 발각되었으니 도피할 것, 만 원짜리는 작전은 실패했으나 상대 기업이 알아채지 못했음을 뜻한다. 그런데 하필 1997년 일생 마지막 스파이 작업에서, 그가 『한국의 살림집下』를 숨겨둔 카페의 점장이 심한 결벽증과 감식안을 가지고 있어 (자신이 소장한 적 없는) 그 책을 바로 발견, 헌책방에 팔아버린다. 나는 책 속에서 발견한 돈을 다시 만지작거리며 산업스파이의 안위를 걱정한다. 그는 과거를 숨긴 채 잘 살아 있을까?

17.

그는
주름이 자글자글한
소년처럼 웃었네

『천사여, 고향을 보라(Look Homeward, Angel)』,
토마스 울프(Thomas Wolfe),
Scribner, 2006

『그대 다시는 고향에 못 가리』,
토마스 울프, 김준호 역,
청목사, 1995

영화 〈비포 선셋〉의 도입부. 파리의 서점 셰익스피어 앤 컴퍼니에서 오후 5시 30분부터 소설 『This Time』 작가 제시 윌리스와의 대화가 열린다. 함께 읽고 문답의 시간을 가진다는 글귀가 포스터 자리에 붙어 있다. 아홉 명 정도의 독자가 그의 앞에서 이야기를 듣고 있다. 샴페인 몇 병과 와인잔, 먹을거리도 슬쩍 보이지만 어색한 행사가 늘 그렇듯 누구도 먹거나 마시지 않고 있다. 본래 서점이었던 공간을 붉은 천 덮은 책상으로 가로 막고 작가와의 대화를 진행한다.

그가 "제 삶은 총이나 폭력, 정치적인 음모, 헬기 사고와는 거리가 멀었어요"라고 고백하는데 슬며시 웃음이 난다. 지금 제시를 연기하고 있는 얼굴의 주인, 에단 호크는 늘 총이나 폭력, 정치적인 음모와 헬기 사고로 대변되는 드라마틱한 허구의 화면에 살고 있으니까. 자전적인 이야기인지 묻는 질문에 그는 토마스 울프의 소설 『천사여, 고향을 보라(Look Homeward, Angel)』를 아느냐고 되묻는다. 그 소설의 서문을 인용한다.

우리는 우리 삶 모든 순간들의 총합이며, 글을 쓰는 사람은 누구든 그런 삶의 소재들을 사용할 뿐이다.

그리고 바로 그는 "누군가를 만나 연결되는 일의 소중함"에 대해 강조한다. 극장 의자에 앉아 준비되지 않은 상태로 토마스 울프의 문장을 만난다. 나는 '천사여, 고향을 보라'라는 소설 이름을 기억해두고, 그 연결을 이어가려고 애쓰기 시작한다. 하지만 대형서점은 고사하고 헌책방에서도 그 책을 찾을 수 없다. 출판된 적이 없는 책인가. 서문이라도 더듬더듬 읽어보고자 영문 소설을 구매했다. 〈비포 선셋〉의 짧은 인용으로 시작된 연결점을 잇는다. 다시 서문.

이것은 한 작가의 첫번째 책이다. 그는 이미 멀리 지나 잊혀진, 하지만 분명 그 삶의 구조 중 하나였을 경험들로 이 책을 완성했다. 그러므로 어느 독자가 이 책이 자전적인가 묻는다면 그에게 해줄 말이 없다. 모든 진지한 소설들은 결국 자전적이기 때문이

> 다. (…) 우리는 우리 삶 모든 순간들의 총합이다. 우리는 그 삶의 모든 부분을 피하거나 숨길 수 없다. (…) 소설은 사실에 대한 기록물은 아니지만, 소설은 선택되고 이해된 사실들이다. 소설은 하나의 의도를 위해 조율되고 채워진 사실들이다.

각오 내지는 선언처럼 쓰여진 작가의 말이지만 현실은 그 짧은 문장을 이기지 못했다. 독자가 이 책이 자전적인가 묻는다면 그에게 해줄 말이 없다고 미리 통보한 그이지만, 그의 고향 사람들은 『천사여, 고향을 보라』 속 타락한 사람들에 대한 묘사가 일방적인 폭력을 휘둘렀다고 받아들였다. 그들 앞에서 어째서 소설을 소설로 읽지 못하는가, 타박한들 무슨 소용인가. 소설 속에서 활자화된 나 자신을 발견한 사람이라면 누구라도 그럴 것이다. 내가 스스로 거부해도 종이에 검정 글씨로 낙인처럼 찍힌 활자들이 "아니 너는 그렇다"고 영원히 남아 꾸짖을 테니.

당연하게도 그 비극은 〈비포 선셋〉의 셀린느에게도 똑같이 반복된다. 제시의 소설이 9년 전 두 사람의 하

Thomas Wolfe
LOOK
HOMEWARD,
ANGEL

룻밤의 낭만을 담고 있기 때문에, 그녀가 그 책을 읽을 때 소중한 추억은 "문학의 자격을 얻은 하루"로 변한다. 낭만으로 가득했던 하루가 폭력으로 탈바꿈한다. 완결된 소설은 "그 하루가 이토록 아름다웠지"가 아니라 "이렇게 아름다웠던 하루를 두고 지금 나는 왜?"라고 의문하게 만든다. 문장이 아름답든 아름답지 않든 소설의 의미와 무게가 정확하게 한 명을 가리킬 때, 그렇다고 느낄 때, 제시는 토마스 울프가 되고 셀린느는 『천사여, 고향을 보라』에 묘사된 고향 사람들이 된다.

다시 작가와의 대화. 한 독자가 다음 작품의 내용을 묻는다. 제시는 팝송 한 곡에서부터 출발하는 소설에 대해 설명하다 말한다.

"그는 동시에 두 순간에 존재합니다."

그때 저쪽 창가에 셀린느가 보인다. 〈비포 선셋〉에서 두 사람이 처음으로 서로를 발견하는 장면이다. 제시는 그녀가 '보인다'라는 사실 자체도 반신반의하는 눈치다. 영화를 보는 사람도 그렇다. 9년 전을 회상하는 장면이 끝나자마자 그 어떤 효과도 없이 9년 전의 셀린느와 지금의 셀린느가 겹쳐진다. 저쪽으로 보이는 셀린느가 실제인지 제시의 환영인지 확신하기 힘들다. 하지만 제시가 방금 말했다. 그는 두 곳에 동시에 존재한다고. 그 문장처럼, 그 문장 속에 들어간 사람처럼 제시는 9년 전과 지금에 동시에 존재한다. 저 셀린느가 진짜인지 아닌지 구분할 필요가 없다. 제시와 셀린느처럼 나의 기억도 〈비포 선라이즈〉와 〈비포 선셋〉 두 편에 모두 존재한다. 나 역시 셀린느가 가만히 이쪽을 바라보는 장면을 보면서 9년 전의 영화를 지금에 포갠다.

소년기와 청년기에는 바로 이 아름다움의 세계, 편안하고 풍요롭고, 권력과 영화를 누리는 세계가 인간의 야망의 종점이요, 인간의 포부가 달할 수 있는 극점이라고 생각했었다. 그러나 오늘 밤 그는 광범위한 실재가 수백 가지로 분리된 바로 그 순간에 그 핵심을 간파했던 것이다. 그는 그것이 스스로 한계를 풀고 알몸뚱이가 되어 있는 것을 보았다.

_『그대 다시는 고향에 못 가리』 230쪽

끝끝내 나는, 당신은, 제시는, 셀린느는 토마스 울프의 문장에서 벗어나지 못한다. 〈비포 선라이즈〉가 가진 단순하고 귀여운 사고, "아름다운 하루를 보내고 지금 헤어지지만 다시 만날 거야"라는 방식은 그 자체로 예쁘다. 하지만 그 아름다움이 이후 그들의 삶에 촘촘히 끈질기게 남아 무엇에도 열정을 쏟을 수 없게 한다면 어떻게 될까. 이십대 가장 뜨거웠던 로맨스의 순간이 앞으로 절대 이만큼 뜨거울 수 없을 것이라는 가혹한 선고로 작용한다면 어떻게 될까. 삼십대, 사십대, 사회 속에 벌거벗겨지며 단순한 가치라 믿었던 것들이 수천의 조각으로 흩어지는 광경을 눈앞에 볼 때, 그 아름다움은 추함보다 더 우리를 괴롭힌다. 추한 것은 버리면 그만이지만 아름다운 것은 우리가 사용하지도 않는 뇌의 그늘에 잠복하고 있다.

토마스 울프는 마흔이 되기도 전에 폐렴으로 요절했다. 암울한 유년기를 지나 천재의 칭호를 받으며 예술가가 되었지만 정작 그 예술의 바탕이 된 "자전"에서만큼은 잔혹한 삶을 살았다. 1920년대 미국의 비극을 온몸으로 떠안았다. 그리고 그가 죽은 뒤 출간된 『그대 다시는 고향에 못 가리』 최후의 문단에서 (이미 죽고 없는) 소설가의 마지막 일격을 발견한다.

> 밤에 얼마 남지 않은 세월의 촛불을 태우면서 무엇인가가 저에게 말을 했습니다. 그것이 무엇인지는 모르겠으나 어쨌든 그것은 제게 말했습니다. 제가 죽을 것이라고 말입니다. 어디서인지도 모르겠습니다. 그것은 이렇게 말했습니다.
>
> "더 위대한 지식을 얻으려거든 당신이 알고 있는 이 땅을 버리도록 하시오. 더 위대한 삶을 찾기 위해서 당신이 소유하고 있는 삶을 버리도록 하시오. 더 위대한 사랑을 찾고 싶거든 당신이 사랑하는 친구들을 버리도록 하시오. 고향보다도 더 정겹고 이 지구보다도 더 큰 땅을 발견해 내도록 하시오……. 이 땅의 기둥들이 세워지고 세계의 양심이 지향하는 곳을…….
> 그곳에는 바람이 일고 강물이 흐를 것이오."
>
> _『그대 다시는 고향에 못 가리』 346쪽

18.

우울을 즐기는
건지도 모르지

『약해지지만 않는다면 괜찮은 인생이야』,
세스 글·그림, 최세희 역,
애니북스, 2012

〈인사이드 르윈〉,
코엔 형제, 2013

어떤 문장 하나를 일주일 정도 생각할 때가 있다. 스스로 던지는 희미한 화두 같은 것인데 일주일 내내 머릿속에서 다듬어서 종이 위에 옮기기 전까지 사라지지 않는다. 다음으로 넘어가기에 자꾸 마음에 걸린다. 기역(ㄱ)이나 디귿(ㄷ)이 갈고리처럼 매달려 있어 흘러가지 않는다. 언젠가 이 문장이 며칠 내내 소화되지 않고 꽉 막혀 있었다.

'퇴보하는 사람은 그게 후퇴인지 알 길이 없죠. 뒷걸음질 치는 것이 아니라 뒤쪽으로 전진하니까요. 세상 사람 모두가 그가 뒤로 걷고 있는 걸 알고 있는데 자신만 앞으로 나아가고 있다고 여기는 장면을 생각해봐요.'

크고 작은 불안이 잦아들 때가 있는데, 그때는 유독 심했던 모양이다. 내가 자신에게 거리를 두고 바라볼 수 없고, 누군가에게 방향을 물을 수 없고, 번듯한 나침반도 지니지 않았을 때 내가 전진하는 쪽이 앞 혹은 위라고 어떻게 확신할 수 있나. 지하로 지하로 파고들어가면서 곧 태양을 볼 수 있을 거라 기대하고 있지는 않은가. 이런 저런 걱정이 문장으로 뒤바뀌어 내내 달라붙어 있었다.

걱정이 가득할 때는 걱정이 가득한 작품을 본다.

나의 불안은 끈기가 너무 강해서 유쾌한 책 몇 권 읽는다고 사그라지지 않는다. 소주 몇 잔에 '털어버릴' 수 있는 고통은 사실 고통이라 부를 수 없는 것과 같은 이치다.

자전적인 이야기를 쌓아가는 만화가 세스의 『약해지지만 않는다면 괜찮은 인생이야』에서 그는 삽화가 잭 캘로웨이를 찾아 나선다. 그림을 업으로 하는 사람에게 꿈의 무대에 가까운 〈뉴요커〉에 삽화를 수록했는데도 작업을 중도에 포기하고 사라진 작가. 영화 〈인사이드 르윈〉에서 코엔 형제 감독 역시 60년대 포크 음악가 데이브 반 롱크의 삶에 가명과 허구를 덧붙여 짧은 일화를 완성한다. 잭 캘로웨이와 데이브 반 롱크 모두 완전한 무명 작가, 무명 음악가라 할 수 없지만 그렇다고 전설의 이름이 되지도 못했다. 그들의 삶을 다시 조명하는 세스와 코엔 형제는 따뜻한 시선으로 그들을 위로하지 않는다. 잔인할 정도로 덤덤하게 있는 그대로 뒤를 밟아간다. 오래 전에 사라져 이제 읽히지 않는 만화가와 불리지 않는 음악가의 삶에 대해.

“잠에서 깨어나 문득 내가 또 망쳐놨구나 하고 생각하면, 참담해. 뭐가 뭔지 깨닫기도 전에 말야.”

_『약해지지만 않는다면 괜찮은 인생이야』 122쪽

‘알아낸 모든 걸 다 합쳐봐야 퍼즐의 4분의 1도 채 맞출 수가 없다. …공백으로만 남은 진실.’

_『약해지지만 않는다면 괜찮은 인생이야』 136쪽

날 매달아주오. 난 죽어 사라지겠지. 목숨에 미련 없지만 무덤 속 누워 지낼 긴 세월이 서럽다오.

_〈인사이드 르윈〉 삽입곡 ‘Hang me, Oh Hang me’에서

두 작품은 나에게 두려움을 넘어 공포를 전해준다. 창작의 세계도 실은 올림픽과 다를 바 하나 없어서 완벽한 신화를 세우지 못하는 사람에게 남은 것은 잊혀질 의무와 자조할 권리 뿐이다. 〈인사이드 르윈〉에서 르윈 데이비스가 마지막 희망을 품고 시카고로 향할 때 만난 늙은 재즈 음악가의 모습은 어쩌면 우리들 모두의 끝을 암시하

는 듯하다. 너무 나약한 나머지 그 약점 위에 비뚤어진 모습을 덧칠해놓는 예술가들, 그들이 어떻게 흘러갈지, 지나칠지, 끝날지. 번쩍이는 메달 하나 없는 우리들은 절뚝이는 다리 하나 남을 그때 무엇을 들먹이며 추억할 수 있나.

그렇다면 어떻게 해야 하나. 안으로 파고드는 절망에 가까운 회의를 어떻게 극복할 수 있나. 극복할 수 없다고 생각했다. 포근한 말 몇 마디로 위안받을 수 있는 종류의 것이 아니라고 생각했다. 대신 불안과 걱정을 절대로 놓지 않기로 마음먹었다. 모두 부자가 될 것이라거나 결국 다 잘 될 것이니 안심하라는 최면으로 괴이한 땜질을 하지 않기로 했다. 세스의 말처럼 결국 공백으로 남을 진실이라면, 슬픔과 불안을 원동력으로 최대한 이상한 일을 쌓아간다면 희망을 담보로 스러져가는 방식과는 전혀 다른 힘이 생긴다고 믿는다.

19.

100년 전의 실종

『생물이 사라진 섬』,
다가와 히데오 글,
마츠오카 다츠히데 그림,
양선하 역,
비룡소, 2002

처음에는 사방팔방 십이방으로 문이 열두 개 정도 내어진 방에 살았다. 수많은 문을 당연하게 여겼다. 이쪽 문으로 나서면 자전거를 타지 않는 사람들은 처형되는 괴상한 두 바퀴의 국가로 통했고, 저쪽 문으로 나서면 머리카락이 화폐의 단위여서 머리숱이 많을수록 부자가 되는 세상으로 통했다. 머리숱이 북실북실하던 어린 나는 머리카락 국가에서 아주 잠시 떵떵거리며 살았다. 모든 세계가 자연스러웠고 흥미로웠다. 두어 개의 문을 잠그지 않고 잠들면 다음날 아침 내 옆에는 손바닥만한 육식공룡이 "멸종되지 않아 다행"이라는 잠꼬대를 하며 잠들어 있었다.

그러던 어떤 하루에, 문 하나가 열리지 않게 된다. 문보다 큰 자물쇠가 앞을 가로막아 어린 나는 어떻게 해도 그 문을 열 수가 없다. 나는 나보다 힘이 센 사람들, 어른을 찾는다. 선생님, 할아버지, 재수생 사촌형, 그들에게 문 하나가 열리지 않는다고 호소한다. 돌아오는 대답은 참혹하다.

"열리지 않을 때도 되었지."

혹은,

"내 그 세계로 들락거리는 꼴 언제 그만 보나 했는데 속이 다 시원하다."

혹은, "그걸 바로 성숙이라고 하는 거야."

슬프지만 괜찮아. 열한 개의 문이 남아 있다. 소금쟁이를 타고 탄산 해협을 건널 수 있는 일곱번째 세계의 문은 아직 닫히지 않았어. 내가 가장 좋아하는 그 문만은 어떻게든 지킬 거야, 다짐하고 다짐한다. 나는 조금 전 '슬프지만 괜찮다'고 생각했다. 하지만 불행하게도 그때, 슬픔은 아직 시작되지도 않았다.

도덕 선생님이 가정통신문을 나눠준다. 바스라질 듯 얇은 갱지에는 '학부모님들은 열번째 문을 꼭 걸어잠가주세요. 그곳은 어느새 춤의 성역으로 변질되었는데, 아이들에게 춤만큼 유해한 게 또 있을까요. 이해해주시리라 믿습니다'라고 적혀 있다. 어른들은 근엄한 표정으로 열번째 문을 풀로 붙여버린다. 문 하나를 잃은 자의 표정을 읽었는지 방안에 텔레비전을 하나 놓아준다. 우습게도 번쩍이는 화면이 나를 홀린다. 눈과 귀가 큰 생쥐의 활약이 신명난다. 흥겨운 배경음악도 흘러나온다. 나는 누가 시키지도 않았는데 두번째 문을 스스로 닫는다. 그곳은 음악이라곤 없이 소음만 가득하던 동네였다. 그래, 소음은 그저 시끄러울 뿐이지, 리듬이 있어야 진짜야. 그렇게 발자국 소리, 강아지가 몸을 터는 소리, 거대한 시계의 초침 소리, 접시가 달그락거리는 소리를 잊는다.

세계가 하나둘 사라진다. 위험하기 때문에. 다른 아이들이 놀렸기 때문에. 비상식적이기 때문에. 어른이 되면 언제든 다시 열고 들어갈 수 있기 때문에. 멋진 CF에서 어서 그 문을 닫으라고 했기 때문에. 그 세계만 가지 않아도 성적이 오를 것이라는 꾸중 때문에. 타인을 핑계로 삼으면서 실은 내가 걸어잠근다. 하룻밤 정도 엎드려 울면 잊혀진다. 때마침 PC통신이 시작되고 소년은 2분을 기다리면 국적 모를 비키니 여인 사진을 한 장 볼 수 있는 신비로움에 마취된다. 하긴, 사막에서 모래빵을 만들어 먹는 것도 하루 이틀이지. 마지막 남은 두 개의 문 중 하나를 잠근다. 문이 있었다는 사실도 잊도록 그 위에 화려한 벽지를 바른다.

나는 이제 사각의 방에 하나의 문을 가지고 산다.

정상이다. 십이각의 방에 열두 개의 문을 두었던 삶은 허구가 된다. 철없던 가짜는 잊어버려. 착한 궤도로 살아가면서 죄책감과 갈증을 여러 이야기들로 채운다. 검사와 용이 나오는 역사, 커다란 총을 들고 지구를 구하는 영웅, 또 다른 행성에서 벌어지는 음모와 혈투, 눈을 깜박인다. 이미지, 이미지, 눈을 깜박이고, 이미지. 그래도 모자라, 내가 상상도 할 수 없었던 이미지가 필요하다.

아름다운 이야기들로 이 방을 채우자. 절대 밖으로 나가지 말고. 여기가 안전해. 나는 여기에서 알지도 못하는 영국사람과 좋아하는 기타리스트를 서로 열거할 수도 있잖아. 더 많은 이야기와 이미지로 내 방을 채워야 해. 방이 점점 좁아져 웅크리고 앉을 자리 하나 남았지만 그래도 모자라. 아버지 말로는 내 방에 무슨 문이 몇 개 더 있었다던데, 문은 무슨 문, 문이란 원래 하나지. 이토록 포근하고 행복한 나의 방.

무심히 책을 한 권 펼친다. 아이들을 위한 교육용 책. 조카 녀석이 두고 갔던가. 이런 책들은 늘 가르치려 들면서 유치한 결론이나 내어주겠지. 하지만 내가 만나는 것은 관념의 바깥이다. 다른 책과 다르지 않은 크기의 동화책을 집어 들었을 때는 전혀 예상하지 못했던 세계가 여기에 있다. 책의 배경이 되는 크라타카우 섬은 자바 섬에서 60킬로미터 떨어져 있어 육안으로 잘 보이지 않는데, 저녁 해가 기울었을 때 뚜렷한 그림자로 확인한다고 이야기를 시작한다. 나는 이때까지 단 한 번도 섬이 그림자를 지닐 수 있다는 생각을 해보지 못했다. 사람이나 건물이라면 모를까 어떤 섬 자체가 홀로 검은 그림자를 가질 수 있다니. 얼굴과 몸과 실체를 보라는 이야기에 홀려 놓쳐버린 그림자들을 떠올리려 해본다. 떠올려지지 않는다. 등 뒤에서 반짝반짝이는 섬광이 나를 채근한다. 지금 무슨 망상을 하는 거야, 이 빛을 봐, 아름다운 것들을 봐, 벅차게 행복한 사람들을 봐. 브라운관, 모니터, 핸드폰 액정, 너는 이미 수많은 별들을 가지고 있어.

스스로 별이라 주장하는 녀석들의 전원을 내리고 다시 책을 본다. 그 자체로 공기를 가진 식물들에 대해 읽는다. 코코스야자, 바링토니아의 열매는 그 속에 가느다란 섬유질이 들어 있어 공기를 머금고 물에 떠다닌다. 법칙에 맞춰 평영이나 접영을 배우는 것이 아니라 존재 자체로 물에 뜰 수 있어서다. 뿌리를 내릴 곳을 찾아 어디로든 흘러가는 씨앗들.

『생물이 사라진 섬』은 130여 년 전, 화산의 분화로 섬 절반이 사라진 크라카타우 섬에 100년에 걸쳐 생물이 되살아나는 과정을 그렸다. 공기를 머금고 흘러온 씨앗, 떠내려온 나무 조각에 살던 개미, 헤엄쳐 온 도마뱀, 어부의 옷에 붙어 옮겨온 식물, 선박에서 섬으로 이동한 바퀴벌레와 쥐, 본래 자유로웠던 새와 나비. 분화라는 절망 위에 특별한 상징이라곤 없는 평범한 생물들이, 날짜에 맞춰 비행기표를 사지 못하면 다른 국가로 이동할 수도 없는 우리보다 훨씬 더 위대한 방식으로 새로운 집을 지었다. 절반으로 잘린 섬이 다시 하나의 온전한 섬이 된다.

생물 스스로 전혀 의도하지 않았지만 양지 식물과 음지 식물의 대비는 그 자체로 어떤 태도를 암시한다. 음지 식물인 멀구슬나무가 섬 전체를 뒤덮고 있을 때 양지 식물인 네오나우클레아는 햇빛이 차단된 땅에서 자라날 수 없다. 멀구슬나무는 컴컴한 여론 혹은 어두운 유행처럼

섬 높이와 넓이 가득 채워진다. 그렇다면 볕을 쬐지 못한 양지 식물은 멸종될까. 다행히 "언젠가 커다란 멀구슬나무가 쓰러지면 숲에도 햇빛이 들" 때까지 "네오나우클레아의 씨앗은 그때를 기다리며 흙 속에서 썩지 않고 견뎌"낸다. 네오나우클레아는 하나의 흐름이 천지를 뒤덮을 때 나의 방향을 포기하지 않기 위해 필요한 것을 힌트처럼 일러준다. 자신의 토양 속에서 썩지 않고 견디는 일.

갖가지 이름과 상상을 스스로 지우고 그 위를 손쉬운 소비와 문화로 뒤덮은 나의 섬에서 아기 주먹보다 작은 나의 휴화산은 어떤 마지막 분화를 준비하고 있을까. 나를 둘러싼 공간을 둘러본다. 수겹의 벽지, 큼직한 자물쇠, 쌓아올린 회벽들에 가려 오래전 문들은 이제 흔적조차 보이지 않는다. 실종된 세계 앞에서 울지 않으려고 천장 쪽을 올려 본다. 놀랍게도 그곳에는 어른 한 명 정도 지나갈 수 있는 크기의 문이 남아 있다. 사실 문은 열세 개였던 걸까. 나는 책상 위에 의자를 놓고 의자 위에 먼지 묻은 양장본 책을 쌓아 겨우겨우 올라갈 높이를 만들어 문밖으로 빠져나온다. 놀라운 풍광이나 구름 위 새로운 국가를 기대

했지만 내 앞에는 아주 작은 건물이 하나 있을 뿐이다. 그곳에는 전 세계에 존재하는 모든 씨앗을 판매하는 씨앗 가게가 있다. 조금 전 그림책에서 본 턱수염 아저씨가 가게 앞을 지키고 서 있다. 나에게 남은 마지막 망상을 지불하고 씨앗 하나를 사기로 한다. 그는 어떤 씨앗이 필요하느냐고 묻는다.

"혹시 네오나우클레아라는 식물의 씨앗도 있나요? 멀구슬나무가 쓰러질 때까지 견뎌줄 녀석으로…."

20.

발명된 공동체에
쓸쓸히 산다

『자코메티의 아틀리에』,
장 주네, 윤정임 역,
열화당, 2007

그—언젠가 방 한구석에 놓인 의자 위에 걸쳐진 수건을 바라보고 있었지요. 순간, 개개의 사물이 홀로 있다는 느낌, 그리고 그 사물이 다른 사물을 짓누를 수 없도록 하는 무게—아니 차라리 무게의 부재—를 갖고 있다는 인상을 받았소. 홀로 있는 그 수건은 너무도 혼자인 듯해서 의자를 슬며시 치워도 그대로 그 자리에 있을 것만 같았어요. 수건은 자기 고유의 자리, 무게 그리고 자기만의 침묵까지도 가지고 있었던 거요. 세상은 가볍고도 가벼워 보였어요….

_『자코메티의 아틀리에』 31쪽

도통 외로울 틈이 없다. 십대 시절의 어느 날 전화선을 모뎀이라는 기계에 꽂고 이 작은 모니터 안에 내 방보다 큰 공간이 도사리고 있다는 사실을 깨달았던 순간부터 지금까지, 전파는 나를 외롭게 두지 않는다. 너무나 바쁘게 지낸다. 온라인/인터넷/웹은 극히 철학적인 공간이어서 아무것도 하지 않으면서 NASA의 우주비행사보다 바쁘게 지내도록 해준다. 여기에 모든 것이 있다고 착각하게 해준다. "이상적인 국가와 같아. 통치자도 없는, 자발적으로 발명된 공동체처럼 보여주고 싶은 것만 보여주고 보고 싶은 것만 보면서 살아." 그때는 20년 후 이곳을 예쁜 슬럼가 혹은 감정의 빈민가로 생각하게 되리라곤 예상하지 못했다. 하나하나 예쁘고 소중해 그 모든 것이 모이면 다시 허무해질 것이라 예측하지 못했다.

지난 이십 년에 걸쳐 나를 키운 것은 팔할이 인터넷, 나를 망친 것도 팔 할이 인터넷인 상황에서 이상한 의문이 들었다. 우리는 서로의 습관을 공유하지 않는다. 자랑과 자학의 사이 실재하는 삶의 태도에 대해서 말하지 않는다. 몇십 년간 맛있는 요리의 레시피를 공유하고 좋은 영화 좋은 구절을 지치지도 않고 떠들었지만, 정작 나는 그 사람이 양치를 어떻게 하는지 모른다. 분리수거를 어떻게 하는지 모른다.

그래서 나는 이 책을 통해 쩨쩨한 습관과 개인사의 공유를 시도하려고 한다. 스스로 파악한 내 삶의 태도들을 여기에 열거하기로 했다. (동시에 온라인 홈페이지에도 올릴 생각이다.)

- 일은 언제나 딱 떨어지는 시간에 시작한다. 11시 정각, 3시 30분. 지금이 4시 43분이라면 5시 정각까지는 일하지 않는다.
- 튀김에 집착한다. 아마 나무젓가락도 튀기면 먹을 거라 생각한다.
- 평생 주먹다짐을 해본 적이 없다.
- 스스로 쓴 글을 무한정 반복해 읽는다. 이 책이 완성되면 나 자신을 뛰어넘는 열성독자는 나오지 못할 정도로.
- 가장 급한 일이 닥치면 2순위 혹은 4순위의 일부터 한다. 가장 못난 부분 중 하나인데 잘 못 고치겠다. 내일 한 기

업의 마감이 기다리고 있는 새벽에 뜬금없이 내 명함을 만들고 앉았다.

- 술과 담배를 끔찍하게 싫어하면서 커피에 중독되어 있다. 하루에도 몇 번씩 '커피 한 잔 하면 살 것 같은데'라고 생각한다.
- 유리컵에 물방울이 맺히는 것을 참지 못한다. 계속 닦아준다. "아니 지금 재가 계속 땀흘리잖아요!"
- 욕을 거의 하지 않지만 그런 태도를 역으로 이용해서 욕을 유머로 사용하는 방식을 좋아한다.
- 청소할 때는 어떤 과정이든 쭈그리고 앉아야 편하다. 진공청소기도 앉아 전진하며 돌린다.
- 청소는 마법이라던 삼촌의 뜻을 이어받아 공간의 겉은 깔끔해보일지 몰라도 수납공간은 엉망이다.
- 사람의 얼굴을 기억하지 못한다. 학창시절 단짝의 이름도 기억하지 못한다. 몇 번만에 누군가의 얼굴을 외웠다면 내가 그 사람을 심하게 좋아하거나 심하게 싫어하는 것이다.
- 중학생 때 IQ테스트의 결과를 묻자 담임선생님은 "미안하

다"라고 답했다.

- 색맹 테스트에서 색약이 나왔다. 실제로 (유독 붉은 계통의) 색을 치밀하게 구분하지 못한다.
- 내 뒤로 발걸음 소리가 크게 들리면 "찔린다!"라고 생각할 때가 많다.
- 모르는 사람에게서든 아는 사람에게서든 전화가 먼저 걸려오면 힘겨워한다. 늘 무서워하며 받는다.
- 침대에 누우면 3분 안에 잠든다. 예외는 거의 없다.
- 다시 일어날 때까지 단 한 번도 깨지 않는다. 천둥 번개가 쳐도 소용없다.
- 잠을 너무 좋아해서 고기 한 점을 씹은 채로 잠든 적이 있다.
- (사람 얼굴도 외우지 못하면서) 한 번 들은 칭찬은 10년 정도 기억한다.
- 물건을 쓰고 제자리에 두는 경우가 없다. "이렇게 어지럽고 지저분하지만 어떤 물건이 각각 어디에 있는지 모두 꿰뚫고 있지"라고 장담했으면 좋겠으나 그런 취권에 가까운 안목은 없다. 나의 물건은 모두 이 서랍에서 저

냉장고를 거쳐 저 옷장으로 떠돌아 다니는 신세들이다.

- 양치는 1분 30초 정도 한다. 늘 3분 동안 닦고 싶다고 생각하지만, 1분쯤 지났을 때 "하염없이 이게 뭐하는 짓인가"라고 중얼거리면서 그만둔다.
- 종종 받는 오해와 달리 유행가와 할리우드 영화도 좋아한다.
- 번화가에서 소리 없는 급한 방귀를 뀌곤 좋아할 때가 많다.
- 설거지 할 때는 하나를 닦고 하나를 헹군다. (물낭비다.)
- 군것질을 사랑한다. 튀김과 과자 중에 하나만 먹을 수 있다면 분열이 생길지도 모른다.
- 옷정리에 젬병이다.
- 어떤 분야든 잘하는 사람을 보면 질투심에 슬플 지경이다.

여기까지 쓰고 나니 과연 제대로 된 사람인지, 자학도 추한 자랑이던데 자학에 중독된 것은 아닌지, 뒤늦은 사춘기가 찾아올 정도지만, 이 책을 읽고 있는 당신에게 한 가지 쑥스럽게 제안한다. 다른 매체를 통해서든 온라인 공간을 통해서든 어떤 방법으로든 몇 가지 삶의 습관을 공유해달라 요청한다. 비밀스러운 것이든 공공연한 것이든 이제껏 단 한 번도 바깥 세계를 향해 발음되어진 적 없는 사실들. 여배우의 감량 비법과 정치인의 루머 사이에서 존재할 명분조차 얻지 못했던, 개인적인 태도들을 이곳저곳에 퍼뜨려주십사. 그때 비로소 우리는 아무도 해치지 않는 사소한 레지스탕스로 변한다. 자꾸 모든 문장을 하나의 기름병에 담으려는 사람들을 조롱하는 저항자들의 개인적인 춤사위.

21.

우리는 사실
모두 클리셰

국립국어원 표준국어대사전

우리는 자주 인생을 '무엇'에 비유한다. 인생이라는 글자를 단단한 발음으로 당당히 말할 수 없기 때문에, 인생이라는 언어 자체가 지닌 무게를 버틸 튼튼한 무릎이 없어 자꾸 어딘가 멀리 돌려보내려 한다. 조금 더 친밀한 무언가에 대입시킨다. 인생은 장거리 달리기와 같다든지, 스페이스 인베이더 게임 같다든지. 나 역시 비슷한 시도를 하고픈 욕심이 생긴다.
인생은 결국 링 위의 권투와 같다는 생각을 한다.

인생人生 〔명사〕 사람이 세상을 살아가는 일.

뭐라고? 링 위의 권투? 잘 알고 있다. 흔해빠지다 못해 퍼더버리고 앉아 그 비유에 쌓인 녹을 긁어모아도 섬 하나쯤 만들 수 있다. 시커먼 클리셰. 문예창작과 교수에게 제출한다면 낙제를 받을 문장이다. 하지만 나는 오래된 과학실에서 훔쳐온 현미경을 가지고 있다. 우리는 지독한 클리셰를 현미경으로 더 크고 더 깊게 바라보아야 한다.

퍼더버리다 〔동사〕 팔다리를 아무렇게나 편하게 뻗다.

링의 모양은 어떨까. 누군가 팔각형의 링 위에 있을 테고, 누군가의 링 속에는 시멘트 덩어리들로 움직일 공간도 없을 테고, 누군가의 링은 저 높은 곳에 매달려 있어 우리는 그를 아프게 바라볼 것이다. 링 위에서 반드시 무언가와 싸워야 하는 것도 아니다. 어떤 이는 자리를 깔고 앉아, 아이고 모두 이리 와 한잔 하자며 막걸리를 나눠줄 테고, 어떤 이는 권투가 얼마나 폭력적인지 확성기로 외칠 테고, 어떤 이는 보호구 하나 없이 거인에게 두들겨 맞고 있을 것이다.

아이고 〔감탄사〕 아프거나 힘들거나 놀라거나 원통하거나 기막힐 때 내는 소리.

라운드, 언제까지 싸우게 될까. 누군가 TKO만은 안 된다며 부들거리는 다리로 울 듯 버틸 테고, 누군가 상대가 기권하여 부전승에 허망해 할 테고, 누군가 1라운드

단 한 방의 카운터 펀치에 모든 것을 순간 잃을 것이다. 멀쩡했던 앞니까지. 싸우는 방식은 어떨까. 어떤 이는 주먹 날리지 않고 서로 눈치만 보며 빙빙 돌다 여기가 링인지 춤판인지 잊을 테고, 어떤 이는 눈 질끈 감고 허공에 주먹을 붕붕 돌릴 테고, 어떤 이는 상대와 사랑에 빠져 성의 없는 잽만 픽픽 날릴 테고, 어떤 이는 검은 악인과 싸우다 가만 정신 차리니 그것이 내 그림자였노라 노래할 것이다.

질문하기 좋아하는 나는 묻는다. 나는 어떤 모양의 링 위에서 어떤 상대와 어떤 방식으로 싸우고 있는가. 상대가 사람이든 사람이 아니든 그는 무슨 사연으로 생계를 걸고 내 앞에 두 주먹을 치켜들고 서 있는가. 질문하기 좋아하는 나는 또다시 묻는다. 당신은 어떤 모양의 링 위에서 어떤 상대와 어떤 방식으로 싸우고 있는가. 지금 몇 라운드 지났는가. 누가 관중이 되어 지켜보고 있는가. 얼마나 분노했고 얼마나 지쳤는가. 누군가를 때리고 누군가에게 맞다가 문득 눈앞이 흐려질 때 어떻게 시작된 싸움인지 기억나지 않아 손을 내리고 어차피 모두 지는 게임 다 끝내자고 중얼거리진 않았는가.

생계生計 〔명사〕 살림을 살아 나갈 방도. 또는 현재 살림을 살아가고 있는 형편.

한때 우리를 스쳤던 뜬소문을 기억하고 있다. 12라운드까지 버티고 버티면 바닥이 온통 풀밭인 거대한 링에 오르게 된다고. 동료와 적 구분할 것 없이 마주앉아 물만 한 모금 마셔도 취향으로 흥겨운 순간이 찾아온다고. 선수도 심판도 관중도 없이 사소하고 뜨거운 웃음들로 가득하다고. 굴욕적으로 하얀 수건을 던졌던 기억도 한낱 농담이 되고 번쩍이는 챔피언 벨트는 너무 무거워서 아무도 가지지 않으려 한다고.

취향醉鄕 〔명사〕 술이 거나하게 취하여 느끼는 즐거운 경지.

나는 아직 그 소문을 믿고 있다.

0.

글을
써야겠다

'The Breeze/My Baby Cries',
Kath Bloom/Bill Callahan, 2009

『5년생』,
키오 시모쿠,
대원씨아이, 2001

어느 날인가, 글을 써야겠다고 생각했다. 곧이어 몇 개의 문장이 만들어진다.

> "글을 쓰기보다 누군가의 글을 옮겨 적는 일을 잘하면 어떻게 해야 하죠?"
>
> "필경사가 되면 좋겠죠."
>
> "필경사요?"
>
> "아니면 나 자신이 거대한 도서관이 되는 건 어때요. 세계의 모든 문장을 섭렵하고 있어, 필요한 곳에 필요한 언어를 공급하는. 인용의 창고 같은 거죠. 누군가 찾아와 심경을 털어놓으면, 쌓여 있는 문장들 속에서 빛나는 것을 찾아주는 일이죠. 페이지 사이에서 문장을 꺼낼 때, 먼지를 털며 이렇게 말하는 겁니다. 이 문장은 아직 한 번도 인용되어지지 않은 것인데-"
>
> "멜빵바지를 입은 할아버지가 좋겠어요."
>
> "별명도 붙여줍시다. 언어를 발견하는 자. 혹은 문장을 소문내는 자."

"문어와 구어 사이에 동시에 존재하는 자."

"나 자신의 글을 쓰지 못할지언정, 썩 나쁘진 않죠?"

여기까지 쓰다가, 의문이 생긴다. 글을 써야겠다는 생각은 스스로 강박하는 의미가 강한데, 글은 의무보다 의지에서 비롯되지 않을까. 의무로 쓴 글은 허약한 냄새를 남기지 않을까. 이제 그만 이 글을 폐기하기로 한다. 구겨 휴지통에 버리려 한다. 그런데 이 글은 촉감 가득한 종이 위가 아닌 모니터 상에 쓰인 것이어서, 실없는 클릭 몇 번을 해야 한다. 열 개의 손가락과 열 개의 발가락 중 단 하나의 손가락만 움직여 삭제, 삭제. 너무하다. 나는 글을 폐기하지 않기로 한다. 대신 인용의 창고에서 꺼낸 남의 글에 대해 쓰기로 한다.

나는 당신을 만지는 걸 좋아했지
하지만 방법을 잊었네
나는 당신이 필요없다고 말했지

하지만 지금 나를 봐봐
여름 언젠가 우리가 미풍 아래 누워 있던 때가 있었어
그 미풍이 나를 죽이게 될 거야
(…)
너는 네가 아는 사람들을 절대로 확신할 수 없지
그들은 너에게 자신의 슬픔을 보여주지 않으니까
(…)
그러니 지나가는 나를 보거든
진심으로 꼭 안아줘
이것만 기억해 나는 너를 도우려 했지 해치려던 게 아니었어
이것만 기억해 나는 너를 도우려 했지 해치려던 게 아니었어
그러니 그걸 찢어갈기지 말아

_'The Breeze/My Baby Cries' 에서

빌 캘러핸(Bill Callahan)이 다시 부른 캐스 블룸(Kath Bloom)의 'The Breeze/My Baby Cries'를 책과 책

의 이야기 사이에 슬쩍 끼워넣는 이유는 빌 캘러핸의 목소리가 어떤 노래든 그것을 낭독처럼 들리게 만들기 때문이다. 음에 덧붙여진 가사가 아니라 시에 덧붙여진 가락처럼. 책을 되살린 음율처럼. 처음 이 노래를 들었을 때 도입부의 "나는 당신을 만지는 걸 좋아했지 하지만 (이제) 방법을 잊었네"라는 가사에 압도당해 끝까지 들었다. 태풍이 아닌 잔잔한 여름 미풍에 의해 사그라지는 관계에 대해 생각한다. 거대한 굴곡 하나 없는데도 사소한 검은 점들이 모여 비극을 만드는 사이. 청한 악수가 따귀가 되고 도움의 외침이 고함이 될 때 무엇을 할 수 있나.

> "지금 당한다 싶은 바로 그 순간에, 법률은 뭘 할 수 있을까."
>
> "무슨 소리야?"
>
> "그러니깐 칼에 찔리기 일보직전이라든가 강간당하려는 순간, 그 현장에서 법률은 그러한 범죄행위를 억제할 수 있을 것인가 하는 얘기지."
>
> "무슨 가정이 그래? 조금의 여유도 없어?"

"그렇지. 치켜든 주먹이 내리꽂히려는 바로 그 순간."

"그야 무리겠지. 아무것도 할 수 없어."

"아… 그래?"

"다소 시간적 여유가 있다면, 그 행위는 이러한 범죄에 해당하며 이러이러한 벌을 받게 된다고 말할 수 있을지도 모르지만 그런 가정은 너무 어려운 걸. 현실문제, 그 자체에 억제효과가 있다고 생각해? 결국은 임기응변이나 교섭술 나름 아냐?"

"그럼 말이지. 그런 게 가능한 인물이라면 범죄의 현장에서 법률 조항에 힘을 실어줄 수 있다. 즉 법률에 힘이 있다고 요시노는 생각한다는 거네."

"글쎄…. 과연…. 뭐야? 법률 같이 별 도움도 안 되는 공부 때려치라고 말하고 싶은 거야?"

"아니, 그건 아니지만, 원래 민사 사건이나 형사 사건이건 간에 인간의 정념이라고 할까 집념이란 게 대단하잖아. 어떤 의미에선 인간의 힘이 가장 커진다고 할 수 있어. 그걸 기껏해야 말로 억제할 수 있다고 생각해?"

"그래, 너 잘났다. 그러니까 내 생각엔 법률의 기본 성격이란 것도 여러가지란 거지. 규제이기도 하고, 세상만사를 원만하게 진행시키기 위한 윤활유이기도 하고, 혹은 범죄를 억제하는 힘이기도 해. 다시 말해 필요악 같은 거야. 극단적으로 예를 들자면 군사력 같은, 어린애처럼 '무섭다 무섭다' 하면서 멀리할 수는 없거든. 없는 편이 이상적이겠지만 절대로 없어지지 않는 거야. 비폭력이래도 그건 마찬가지야. 아, 그래서 언제나 말이란 폭력적인 건가 봐."

"응? 언어폭력 말야?"

"그것도 그렇고. 언어가 존재한다는 자체가 폭력적이란 얘기야."

"무슨 소린지 도통 모르겠군."

"상관없어. 내가 알면 되니까."

_『5년생』 5권, 7-20쪽

어떤 질문이든 마찬가지다. 사람의 목숨이 끊어

지는 순간 의학은 뭘 할 수 있을까. 건물이 무너지는 순간 공학은 뭘 할 수 있을까. 회사가 부도를 선언하는 순간 경영은 뭘 할 수 있을까. 믿음이 사라지는 순간 종교는 뭘 할 수 있을까. 관계가 끝나는 순간 사랑은 뭘 할 수 있을까. 표현이 사라지는 순간 작가는 뭘 할 수 있을까. 이 질문도 『5년생』의 요시노가 택한 부정처럼 "존재한다는 자체가 폭력적이란 얘기"로 답하게 될까. 글을 써야겠다는 쉬운 욕심에서 시작한 이 글을 비겁한 질문을 남기며 끝낸다.

책의 끝

내가 "고맙습니다"라고 쓰면

당신은 "고맙습니다"라고 읽을 것입니다.

그게 반가웠습니다.

이로의 책등

서문
『거미 여인의 키스』, 마누엘 푸익, 이동수 역, 가람기획, 1991
『축소지향의 일본인』, 이어령, 기린원, 1988
『카오스』, 제임스 클리크, 박배식 역, 동문사, 1994

유년기의 숲, 시바스 리갈
『꼬마 니꼴라 3』, 김모세 구성, 이규성 그림, 민서출판사, 1990
『꼬마 니콜라』, 르네 고시니 글, 장 자크 상페 그림, 윤경 외 역, 문학동네, 2012

책등, 책의 척추
『책과 바람난 여자』, 아니 프랑수아, 이상해 역, 솔, 2005

이십대의 스포츠
『내 여자의 열매』, 한강, 창비, 2000
『7번 국도』, 김연수, 문학동네, 1997
『여수의 사랑』, 한강, 문학과지성사, 1995

작은 집과 독한 술
『작은 집』, 르 코르뷔지에, 이관석 역, 열화당, 2012
『스트레이트 온 더 락 1』, 후루야 미쓰토시, 권남희 역, 김영사, 2008

다 괜찮아 對 다 망한다
『빈방의 빛』, 마크 스트랜드, 박상미 역, 한길아트, 2007
『율리시스』, 제임스 조이스, 김종건 역, 생각의나무, 2007

무국적 칠면조의 밤
『페가서스 10000마일』, 이영준, 워크룸 프레스, 2012
『디자인은 보이지 않는다』, 루치우스 부르크하르트, 박소영 역, 지식을만드는지식, 2012

폐허 위의 붉은 얼굴
『트웰브 핑거스(Twelve Fingers: Biography of an Anarchist)』, 조 소아레스, Pantheon, 2001

낭독
『캠핑의 즐거움』, 함정혜, 이화여자대학교출판부, 2001
『창백한 푸른 점』, 칼 세이건, 현정준 역, 사이언스북스, 2001

마치 우주의 충돌, 마치 지각의 변동
『독약』, 프랑수아즈 사강 글, 베르나르 뷔페 그림, 이가림 역, 문예출판사, 1980

마지막으로 아무것도 하지 않은 적이 언제입니까
『조선 기술』, 대한조선학회 편, 지성사, 2011

왜곡과 과장
『파브르 식물기』, J.H. 파브르, 정석형 역, 두레, 1992

환생의 끝
『장미 창』, 윤대녕, 작가정신, 1998
『진홍글씨』, 이윤기, 작가정신, 1998
『해파리에 관한 명상』, 이순원, 작가정신, 1998
『철수』, 배수아, 작가정신, 1998
『체 게바라 평전』, 장 코르미에, 김미선 역, 실천문학사, 2000
『상실의 시대』, 무라카미 하루키, 유유정 역, 문학사상사, 2001

완전한 자립
『벽』, 김영글, Possible Story, 2011

드라마의 뒷면
『오즈의 마법사(The Wizard of OZ)』, 라이먼 프랭크 바움, Penguin Books, 2012
'Chasing Cars', 스노우 패트롤, 2006
'Boston', 어거스타나, 2005

가장 슬픈 노래의 세계
'가난한 사람들', 김일두, 자립음악생산자조합, 2011
『카메라 루시다』, 롤랑 바르트, 조광희 역, 열화당, 1986

『쿠이 쿠이(Cui Cui)』, 린코 가와우치, Foil, 2005
『영혼의 집』, 이사벨 아옌데, 권미선 역, 민음사, 2003

책 속에서 발견한 남의 돈
『시간 상자』, 데이비드 위즈너, 베틀북, 2007
『한국의 살림집下』, 신영훈, 열화당, 1983

그는 주름이 자글자글한 소년처럼 웃었네
〈비포 선셋〉, 리처드 링클레이터, 2004
『천사여, 고향을 보라(Look Homeward, Angel)』, 토마스 울프, Scribner, 2006
『그대 다시는 고향에 못 가리』, 토마스 울프, 김준호 역, 청목사, 1995

우울을 즐기는 건지도 모르지.
『약해지지만 않는다면 괜찮은 인생이야』, 세스, 최세희 역, 애니북스, 2012
〈인사이드 르윈〉, 코엔 형제, 2013

100년 전의 실종
『생물이 사라진 섬』, 다가와 히데오 글, 마츠오카 다츠히데 그림, 양선하 역, 비룡소, 2002

발명된 공동체에 쓸쓸히 산다
『자코메티의 아틀리에』, 장 주네, 윤정임 역, 열화당, 2007

우리는 사실 모두 클리셰
국립국어원 표준국어대사전

글을 써야겠다
'The Breeze/My Baby Cries', Kath Bloom/Bill Callahan, 2009
『5년생』, 키오 시모쿠, 대원씨아이, 2001

책등에 베이다

| **초판 1쇄 인쇄** 2014년 4월 23일
| **초판 1쇄 발행** 2014년 5월 7일

| **지은이** 이로
| **펴낸이** 강병선
| **편집인** 고미영

| **편집** 고미영 이승환
| **독자 모니터** 김성림
| **사진** 박진영(Area. Park)
| **디자인** 김이정
| **마케팅** 방미연 정유선 오혜림
| **온라인 마케팅** 김희숙 김상만 한수진 이천희
| **제작** 강신은 임현식 김동욱
| **제작처** 미광원색사(인쇄) 한영제책사(제본)

| **펴낸곳** (주)문학동네
| **출판등록** 1993년 10월 22일 제406-2003-00045호
| 임프린트 **이봄**

| **주소** 413-120 경기도 파주시 회동길 210
| **전자우편** springten@munhak.com
| **전화** 031-955-2668(마케팅) 031-955-2698(편집)
| **팩스** 031-955-8855
| **이봄페이스북** www.facebook.com/springtenten

ISBN 978-89-546-2440-4 03810

• 이 책의 국립중앙도서관 출판시도서목록(CIP)은 e-CIP 홈페이지(http://www.nl.go.kr/ecip)에서
이용하실 수 있습니다.(CIP제어번호: CIP 2014008540)

www.munhak.com